KB152992

고양이의 주소록

NEKO NO JUSHOROKU by MURE Yoko

고양이의
주소록

ネコ の 住 所 録

무레 요코 에세이

권남희 옮김

해냄

동물을 정말로 좋아하는 사람은
항상 그들의 이름을 묻는다
_길리언 잭슨 브라운

차례

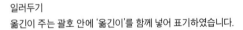

일러두기
옮긴이 주는 괄호 안에 '옮긴이'를 함께 넣어 표기하였습니다.

이중묘격

　　　나는 이사를 가면 반드시 이웃에 사는 고양이를 체크한다. 다세대주택에서는 동물을 키우는 것이 금지되어서 다른 집 고양이하고라도 친목을 도모하려는 심산이다. 다행히 동네는 오래된 주택지로 정원이 있는 집도 많아서 고양이를 찾는 건 어렵지 않았다. 조금만 걸어가도 어슬렁거리는 고양이 대여섯 마리는 쉽게 만났다. 자기가 먼저 길 가는 사람들에게 말을 거는 아이가 있는가 하면, 겁먹고 바로 울타리 안으로 숨어

버리는 아이도 있다. 도망친 줄 알고 그냥 지나가다가 왠지 모르게 시선이 느껴져서 돌아보면 아까 그 고양이가 눈만 치뜨고 나를 빤히 보고 있기도 했다. 집 안에서 키워 바깥 풍경에 익숙하지 않은 아메리칸 쇼트헤어가 멍하니 길바닥에 앉아 있을 때도 있다. 최근에는 낯을 트고 지내는 고양이도 몇 마리 생겼다.

한번은 산책을 하는데 10미터쯤 떨어진 양지에 초록색 목줄을 한 갈색 수고양이가 엎드려 있었다. 앞발도 뒷발도 쭉 뻗어 있다.

"차에 치인 건가."

가만히 지켜보니 희미하게 숨을 쉬는 기척이 났다.

"뺑소니 사고를 당해서 빈사 상태일지도 몰라. 그렇다면 동물병원에 데려가야 하는데 어떡하지."

머뭇머뭇 다가가도 여전히 바닥에 달라붙어 있다. 하지만 틀림없이 숨은 쉬고 있었다. 이거 큰일이네, 하고 고양이를 안으려는 순간, 길가 낡은 목조 집에서 할아버지가 비척비척 걸어 나왔다. 그리고 난감함 반, 기쁨 반 느낌으로 웃으면서 고양이에게 말했다.

"곤, 또 그러고 있냐. 다들 놀라니까 빨리 집으로 들어와."

그러자 지금까지 빈사 상태인 줄 알았던 고양이가 "냐옹" 하고 대답하는가 싶더니, 벌떡 일어나서 태연하게 집 안으로 들어가는 것이었다.

"저 녀석은 늘 저러고 있어요. 길 가는 사람이 다들 죽은 줄 알고 깜짝 놀라죠. 왜 그러는지 모르겠지만, 길에 납작 엎드려 있는 걸 좋아하는군요."

할아버지는 무척 기쁜 듯이 말했다.

어쩌면 곤은 내심,

'에헤헤, 또 한 놈 속였다.'

하고 미소 짓고 있을지도 모른다. 그 후 몇 번이나 곤이 길에 엎드려 있는 것을 보았다. 나는 사정을 아니까 풉 하고 웃으면서 보았지만, 아이를 앞뒤로 앉히고 무심히 자전거를 타고 가던 엄마는,

"아악, 고양이가 죽었어."

하면서 엎드린 곤의 옆을 엄청난 기세로 질주했다. 여학생이,

"죽은 거야, 산 거야."

하고 멀리서 둘러싸고 있는데 곤은 미동도 하지 않았다. 그들이 간 뒤에,

"또 그러고 있니."

하고 곤에게 말을 걸자, 곤은 그 자세 그대로,

"냐옹."

하고 대답했다. 그냥 길에서 시체놀이 하는 데 집념을 불태우는 녀석이었다.

또 한 마리 친숙한 고양이도 수컷이다. 이 아이는 내가 멋대로 '부타오'라고 이름을 붙였다. 몸도 얼굴도 둥글둥글하고 넉살이 좋은, 회색과 검은색의 줄무늬고양이다. 이 고양이는 내가 말을 걸기 전에 먼저 다가왔다. 다가온다고 해서 칭칭 감기며 어리광을 부리는 게 아니라 이사 오던 날, "뭐야, 이 인간은" 하는 식으로 1미터쯤 떨어진 곳에서 빤히 보고 있었다. 지금까지 경험으로 말하자면,

"안녕!"

하고 인사하면, 흥미를 보이는 고양이는 뭐라고 소리를 내거나 꼬리를 흔드는데, 그 녀석은 무표정한 채 내

얼굴을 올려다보기만 했다.

"너, 어디 사니?"

그렇게 말해도 홍 하고 고개를 돌리고 목덜미만 벅벅 긁어댔다. 첫 만남 때는 아무런 소통도 하지 못했지만, 그 후로 거의 매일 만나게 돼서 우선 이름이라도 지어주자고 그 체격에 어울리게 '부타오'라고 불렀다.

부타오는 맞은편 큰 집에서 산다. 근사한 대문 안의 볕이 잘 드는 곳에 귤 상자로 만든 집에서 부타오는 벌러덩 누워서 다리를 쩍 벌리고 자고 있다. 가끔 입을 반쯤 벌릴 때도 있다. 집에서 키우는 고양이 특유의 무방비함이다.

"어이, 부타오."

조그맣게 부르면 귀만 쫑긋 움직인다.

"그런 자세로 자면 누가 덮친다."

그러자 뒷발을 움찔움찔 움직였다. 절대 일어나지는 않는다. 전철에서 슈트를 말끔히 입은 남자가 침을 흘리며 자는 모습과 비슷한 광경이다. 내가 끈질기게 말을 걸었더니 조금은 관심이 생겼는지, 그 후로 부타오는 내

가 자기를 알아보지 못하면 먼저 말을 걸었다. 저 속에서 끓어오르는 듯한 소리로,

"부아옹."

목소리를 잔뜩 깐 밉상스러운 소리다. 그것도 문에 기댄 채 판다처럼 앉아서. 마치,

"어이, 거기 너, 잘 있었냐"

라고 하는 것 같다.

"뭐냐, 부타오."

라고 하면 한 번 더 "부아옹"이라고 한다. 언제나 그것뿐이다. 발밑에 와서 애교를 부리는 일도 없고 도망치는 일도 없다. 그냥 나님이 아는 척 좀 해주마, 하는 분위기다.

고양이와 잠시 놀다 보면 그 아이가 남의 집에서 키운다는 사실을 그만 잊어버린다. 부타오, 부타오, 하고 말을 걸고 있는데, 갑자기 창문이 열렸다. 그리고 우아한 노부인이 얼굴을 내밀더니 물었다.

"무슨 일이니, 찰리?"

'이 녀석, 찰리라니 그렇게 세련된 이름이 있었냐.'

부타오, 즉 찰리는 주인이 얼굴을 내밀자 어디를 어떻게 하면 나오지 싶은 귀여운 소리로,

"냐아옹."

하고 울며 꼬리를 흔들면서 집 안으로 들어갔다. 다행히 노부인은 나를 못 본 듯해서 나는 엉거주춤한 자세로 사사삭 돌아왔다. 아무리 그 녀석 본명이 찰리여도 내게는 부타오다. 그러나 아무리 "부냐옹" 하고 나를 부르고 놀아주어도 밥을 주는 주인과는 확실하게 차이를 둔다는 걸 알았을 때, 나는 살짝 쓸쓸해졌다.

"피
코,
네
에."

한참 전에 텔레비전에서 원숭이에게 재주를 가르치는 현장을 본 적이 있다. '반성하는 원숭이'를 데리고 여러 가지 재주를 보여주는 청년이 어린 원숭이에게 재주를 가르치는 장면이었는데, 너무나 비참해서 깜짝 놀랐다. 말을 듣지 않는 원숭이를 진심으로 야단치고, 때리고, 원숭이 목을 무는 모습은 마치 거인의 별(1966년도에 발표된 야구 만화로 요미우리 자이언츠 3루수였던 아빠 호시 잇테쓰에게 소년 시절부터 야구 영재교육을 받은 주인공 호시 휴마의 일대기를 그린 만화-옮긴이)을 향하는 호시 잇테쓰와 호시 휴마 같았다. 청년의 얼굴은 흡사 마귀 같았고, 원숭이도 이빨을 드러내고 덤벼들어서 그야말로 한판 싸움이었다.

"저렇게 해서까지 재주를 가르쳐야 돼?"

사람이었다면 재주를 가르칠 때 때려도 재주를 배우고 싶으니 이해를 한다. 자기가 못해서 야단맞는다고 생각하겠지만 원숭이는 다르다. 자기가 먼저 "재주를 배우고 싶습니다!" 하고 제자로 들어간 게 아니다. 그러니 원숭이에게는 단순히 고통일 뿐이지 않을까 하는 생각이 들었다.

그러나 연습 시간이 끝나면 두 사람이랄까, 한 사람과 한 마리는 사이좋게 목욕하러 들어간다. 그때 청년도 원숭이도 사이좋은 얼굴이어서 약간 안도했다. 재주 부리는 원숭이를 볼 때마다,

"너무 귀여워!"

하고 좋아했던 나는 그 재주 뒤에 청년이나 원숭이의 고생을 생각하니 복잡한 기분이 들었다.

세상에는 서커스단 원숭이처럼 프로의 재주를 배우는 동물뿐만 아니라 일반 가정에서 키우는 동물에게도 재주를 가르치는 일이 많이 있다. 그중에서도 가장 놀란 것이 앵무새가 옛날이야기를 하고 노래를 부르는 것이었다. 나는 텔레비전에서 '가사지조'와 '모모타로' 얘기하는 걸 들었지만, 처음부터 끝까지,

"옛날, 옛날 어떤 곳에……."

하고 마치 주문을 외는 것처럼 늘어지게 얘기를 했다. 그러나 얘기 중에는 자신 없는 부분도 있는지, '모모타로'를 할 때는,

"복숭아가 둥둥 떠내려왔어요."

하는 부분에서 막혔다. 몇 번이나,

"둥둥, 둥둥, 둥둥……."

이렇게 되풀이했다. 이 부분을 극복해야 앵무새도 분발할 수 있는지 "둥둥" 할 때마다 몸을 앞으로 내밀어 박자를 맞추었다. 그때 화면에는,

"피코는 '둥둥'이 어렵다."

라는 자막이 흘렀다. 간신히,

"둥둥 떠내려왔습니다."

를 해내자, 그 앵무새는,

"캬캬캬캬."

하고 기쁨의 소리를 지르며 날개를 파닥거렸다. 자기도 안심한 모양이다. 노래는 '우주 소년 아톰'이었다. 음정도 틀리지 않고 제대로 리드미컬하게 부르는 모습은 그야말로 테이프가 내장된 잘 만든 앵무새 인형 같았다.

그러나 그런 재주를 보이는 동물을 볼 때마다 생각나는 사건이 있다. 집에서 키우던 앵무새 피코도 사람이 말을 하는 데 지대한 관심을 보였다. 새끼 때는 오바케의 Q타로(애니메이션 주인공으로, 눈이 크고 입술이 두껍다-옮긴이)같이 생겨서 멍하니 있더니, 점점 자라면서 사람 어깨에 앉을 때면 입만 줄곧 쳐다보았다. 장난치느라 입을 꾹 다물고 있으면 마치 재촉하듯이 입술을 가볍게 콕콕 쪼고, 자기한테 말을 걸어주면 중얼중얼중얼 입으로 뭐라고 중얼거리게 되었다.

"그렇게 말을 배우고 싶으면 가르쳐주마."

그래서 엄마는 피코를 부르면 "네에!" 하고 대답하게

하려고 조교를 담당했다. 그리고 날마다,

"피코!" "네에!"

특훈이 시작되었다. 피코가 도중에 질려서 포기하지 않을까 예상했지만, 도중에 질린 것은 엄마 쪽이었다. 피코는 의욕이 넘치고 엄마는 완전히 지쳐서,

"이제 그만하자."

라고 해도 듣지 않았다. 한두 시간 계속해서,

"피코!" "네에!"

그러고 있으니 가르치는 쪽도, 옆에서 그걸 듣는 나도 골치가 지끈거렸다. 그러나 학습 의욕에 불탄 피코는 그만두려고 하지 않았다.

"아, 머리가 핑핑 도는 것 같아."

하는 엄마 어깨에서 깡충깡충 뛰면서 재촉했다. 그래도 잠자코 있으면 부리를 억지로 엄마 입 속에 비틀어 넣기까지 했다.

두 달 뒤, 드디어 피코는 말을 할 수 있게 되었지만, 처음에 목표로 했던 것과는 약간 달랐다.

"피코."

하고 부르면,

"네에."

대답해야 할 텐데, 슬프게도 앵무새의 한계로,

"피코, 네에."

그대로 뇌에 입력된 것이다. 우리는 "피코, 네에"를 아침부터 밤까지 토 나올 정도로 계속 들었다. 그렇게 작은 새도 말을 하게 되니 기쁜지 "피코, 네에"라고 할 때마다 날개를 파닥거리며 기뻐했다. 그 후로도 피코의 학습 의욕은 줄어들 줄 몰라서 다음에는 "피코, 안녕"을 한 달 동안 마스터했다. 그리고 너무 시끄러워 내가 종종 내뱉은 말 "피코, 시끄러워"까지 외워서, "피코, 안녕" 사이에 주절거려서 변화를 주었다.

친구가 놀러 왔을 때, 피코가 수다를 떨어준 덕분에 나는 으쓱해졌다. 다들,

"대단하다!"

"머리가 정말 좋네."

하고 놀라서 돌아갔기 때문이었다. 그 후로도 피코는 필사적으로 새로운 말을 배우려고 했다. 한번은 엄마가

부엌에서 요리를 하는데 말을 가르쳐달라고 날아왔다.

"위험하니까 저리 가."

엄마가 그렇게 말했는데 실수로 끓는 냄비에 빠져서 죽어버렸다. 겨우 세 살이었는데.

우리는,

"이럴 줄 알았으면 말 같은 것 가르치지 말걸 그랬어. 피코가 오래 살길 바랐는데."

하고 죽은 피코 앞에서 눈물을 흘렸다.

그 후로 집에서 동물을 키워도 절대 재주를 가르치지 않았다. 재주를 익히느라 고생한 만큼 수명이 줄어들 것 같았다. 그런 일이 있은 후에 키운 동물들은 애교가 많고 밥을 잘 먹는 능력밖에 없었지만, 덕분에 모두 오래 살았다. 키우는 사람한테는 역시 그게 제일 기쁜 일이다.

소용돌이무늬 고양이의 행방

키우던 동물이 갑자기 자취를 감추는 일은 정말 슬프다. 작년 여름, 온 마을 곳곳에 밤새 엄청난 양의 벽보가 붙은 적이 있다. 전봇대, 담, 공중목욕탕과 슈퍼마켓, 편의점 입구까지 사람이 모일 법한 곳에는 전부 그 벽보가 붙어 있었다. 대체 뭔가 하고 가까이 가서 보니,

새끼 고양이를 찾아주세요

잃어버린 고양이를 찾는 벽보였다. 주간지를 펼친 정도의 종이에는 아이가 그린 듯한, 배 부분에 커다란 소용돌이무늬가 있는 새끼 고양이 그림이 그려져 있었다. 그림 밑에는,

배 부분에 소용돌이무늬가 있습니다.

하고 설명이 있었다. 연락처와 함께,

찾아주신 분께 사례하겠습니다!

라고도 쓰여 있어서 슬펐다. 산책이라도 간 줄 알았던 고양이가 아무리 시간이 지나도 돌아오지 않으니 가족이 하얗게 질려서 온 동네에 벽보를 붙이고 다녔을 테지. 아이가 울면서 아기 고양이 그림을 열심히 그렸을 걸 생각하니, 나하고는 아무 관계 없는 일이지만, 무사히 돌아오기를 간절히 바랐다.

한 달 내내 여기저기에서 이 '소용돌이무늬 고양이'가

화제가 됐다. 아는 털실 가게 주인은,

"소용돌이무늬 고양이 벽보 봤어요? 그렇게 특징이 확실하면 바로 알 것 같은데, 그죠."

라고 하고, 생선 가게 아주머니는,

"나도 유심히 보고 다니는데 말이죠. 닮은 고양이는 종종 보이던데 배에 소용돌이가 없더라고."

하고 분한 듯이 말했다. 개중에는,

"저기, 저기, 사례는 얼마나 줄까?"

하고 소용돌이무늬 고양이의 행방을 걱정하기보다 뭔가 받는다는 사실을 기대하는 경솔한 사람도 있었다. 저마다 표현은 달랐지만, 일단 그 벽보는 마을 사람들에게 '소용돌이무늬 고양이가 없어졌다'는 사실을 알리는 데는 성공했다.

고양이를 키우면 언제나 행방불명의 공포가 따라다닌다. 우리 집에서도 토라라는 암고양이가 하루만 돌아오지 않으면 무슨 일이 생긴 게 아닐까 하고 안절부절 못한다. '괜찮을 거야' 하고 믿으면서도 '혹시……' 하는 불길한 생각도 떨쳐버리지 못한다. 잠도 못 이루고 끙끙

거릴 때,

"흐냐옹~."

하는 얼빠진 목소리로 울면서 돌아오면,

"아, 살았다."

하고 진심으로 안도한다. 그러나 점점 화가 나서 야단치고 싶어진다. 연락도 없이 외박하는 행실을 용서할 수 없는 엄마는 그때마다 격노하여 토라를 눈앞에 똑바로 앉히고,

"어디를 돌아다니다 온 거야? 다들 걱정했잖아, 용서 못 해!"

하고 설교했다. 돌아올 줄 알고 밥까지 준비해놓은 그 고생을 생각해봐. 게다가 밤늦게까지 어슬렁거리고 다니면 누가 데려가서 샤미센(일본 전통 현악기-옮긴이)을 만들지 모르잖아, 하고 토라가 섬뜩해할 말을 마구 늘어놓았다. 토라는 고개를 푹 숙이고 듣고 있었다.

"하고 싶은 말 있으면 해!"

토라는 고개를 숙인 채 눈만 치뜨고 조그맣게,

"미안해옹."

하고 울었다.

"그만해. 토라한테도 나름대로 이유가 있겠지."

나와 동생이 수습하여 일단락됐지만, 내가 그렇게 말해놓고도 도무지 그 이유를 모르겠다.

그 후 7~8년이 지나서 토라도 나이를 먹어 잠만 자는 나날이 이어졌다. 그런데 또 어느 날 자취를 감추었다. 그때는 엄마도 화내지 않고,

"고양이는 주인한테 자기가 죽는 모습을 보이기 싫어하니까, 분명히 죽을 곳을 찾으러 갔을 거야."

라고 했다. 이틀 뒤 밤중에 돌아온 토라는 똑바로 앉아서 가만히 있었다. 우리가 물을 먹이면서,

"토라, 잘 지내야 돼."

하는 말을 듣고 있더니, 10분쯤 지나서 스르륵 일어나 어딘가로 가버렸다. 그길로 영영 돌아오지 않았다.

친구네 고양이 중에도 아직 수명이 아닐 텐데 행방불명이 된 채 돌아오지 않는 아이들이 많이 있다. 아는 남자는 사흘째 돌아오지 않는 고양이를 찾아서,

"조스케, 조스케."

하고 이름을 부르며 온 동네를 돌아다녔다. 그걸 보고 처음에는,

"조스케라니, 이름 웃긴다."

웃던 초등학생들도 나중에는,

"우리도 찾아주자."

하고 함께 공원이나 들판으로 나가서 "조스케!"를 불러주었다. 그러나 조스케는 8년이 지난 지금도 돌아오지 않았다.

"대체 고양이는 어디로 간 걸까요."

어느 여성에게 이 이야기를 한 적이 있다. 그러자 그녀는 어린 시절에 할머니가 들려준 이야기를 해주었다.

"홀연히 모습을 감춘 고양이는 모두 미타케 산에 올라가서 수행을 한대요."

'나는 아직 미숙하다'라고 일상의 행동을 반성한 고양이는 깨달음을 얻을 때까지 산에서 내려오지 않는다고 한다.

"그러니까 너희 고양이도 친구네 고양이도 죽은 게 아니야."

하고 위로해주었지만, 아마 옛날 사람들은 아끼던 고양이가 없어졌을 때, 그런 전설을 믿고 슬픔을 견딘 모양이다.

우리 토라는 아직도 집에 돌아오지 않고 수행을 하는 것 같지만, 소용돌이무늬 고양이는 수행을 마치고 두 달 뒤 돌아왔다. 그때 벽보를 붙인 곳과 같은 자리에,

저희 고양이가 돌아왔습니다. 감사합니다.

하는 벽보가 붙어서 동네 사람들은 또 한동안 "소용돌이무늬 고양이 무사 귀가" 이야기로 꽃을 피웠다.

개에게서 보는 민족성

길 가는 개를 보면 어렴풋이 주인의 성격을 알 것 같다. 눈이 마주치면 꼬리가 떨어져라 흔들며 애교를 부리는 개. 부끄러운 듯이 시선을 피하면서 조심스럽게 꼬리를 흔드는 개. 고개를 옆으로 획 돌리는 개. 눈을 동그랗게 뜨고 올려다보는 개 등 각양각색이다. 배변도 주위 시선을 신경 쓰면서 전봇대 뒤에서 몰래 하는 개. 주인이 땅바닥에 신문지 깔아주기를 기다리듯이 킁킁거리면서 허리를 흔드는 개. 도로 한복판에 멈춰

서는가 싶으면 갑자기 뚝뚝 배설을 하는 대담한 개도 있어서 꽤 재미있다.

지금까지 해외여행은 세 군데밖에 간 적이 없어서 그 빈곤한 경험으로밖에 말할 수 없지만, 나라에 따라 개와 고양이 태도가 상당히 달랐다.

미국 개는 덩치는 크지만, 사람을 잘 따른다. 말을 걸면 기쁜 듯이 내 주위를 빙글빙글 돌며 애교를 부린다. 머리를 쓰다듬어주면 기뻐하며 로스트비프 같은 혀로 얼굴을 마구 핥으며 답례를 한다. 낯을 가리지 않고, 공원 벤치 같은 데 앉아 있으면 꼬리를 흔들면서,

"안냐세요."

하고 자발적으로 인사한다. 나는 영어를 잘하지 못해서 일본어로 말을 건네지만, 그 나름대로 반응한다.

"옳지, 옳지, 착하지."

하면서 몸을 쓰다듬어주면 더 이상의 기쁨은 없다는 모습으로 허리를 흔든다. 일본어로 "앉아"라고 해도 전혀 통하지 않을 텐데, 개는 '이 사람 말은 못 알아듣겠지만, 아마 이런 말을 하고 싶은 거겠지' 하고 마음을 써

주는 것 같다.

반대로 무뚝뚝함의 극치는 파리의 개다. 검은 모피를 입은 마담은 검은 푸들을, 흰 모피를 입은 마담은 흰 푸들을 데리고 다니는 분위기가 좀 특이했다. 일본에서도 푸들을 데리고 다니는 사람이 있지만, 어딘지 모르게 본고장은 얼굴 생김새가 다르다. 귀여움 뿜뿜한 일본 푸들과는 달리 파리 생활을 한다는 자신감이 있는지 언제나 턱을 치켜들고 새초롬하게 걷는다. 아는 척하려고 해도 차갑게 외면하고 도도하기 그지없다. 차우차우도 통통한 몸으로 도도하게 걷고 보르조이는 그 긴 얼굴에 막대걸레 같은 털을 바람에 날리며 젠체했다.

"너희는 일본에 살면 그렇게 젠체하지 않을 텐데 말이야."

라고 말을 건넸다가 완전히 무시당했다. 그들에게는,

"프랑스 사람인 주인님 이외에는 애교를 부리지 않습니다."

하는 확고한 주장이 있는 것 같았다. 하지만 새침 떠는 모습이 얄미웠던 것도 사실이다.

스페인은 사람도 아주 싹싹했지만, 개들도 심할 정도로 비벼대며 다가왔다. 산책을 하는데 저편에서 목줄을 한 흰색과 검은색의 얼룩 개가 걸어와서,

"이리 오렴."

하고 손짓해보았다. 그러자 개는 우뚝 멈춰 서서 뭐지 하는 얼굴로 고개를 갸웃거리며 이쪽을 보았다. 쭈그리고 앉아서,

"이리 와, 이리 와."

하고 불렀더니 상황을 파악한 개는 엄청난 기세로 내게 달려왔다. 눈앞에서 꼬리가 떨어져라 흔들면서,

"킁킁."

하고 코를 벌름거리는가 싶더니 갑자기 태엽을 감아놓은 장난감처럼 주위를 뿡뿡 뛰기 시작했다. 너무 기뻐해서 오히려 내 쪽이 놀라 이 흥분을 어떻게 가라앉혀야 할지 걱정했을 정도다. 머리를 쓰다듬어주자 으흥으흥거리면서 몸을 비벼댔다. 문득 정신을 차리고 보니 개 주인 부자(父子)가 우리를 손가락으로 가리키면서 웃고 있었다.

그 마을 사람들이 모이는 공원에서는 셰퍼드가 목줄을 풀고 뛰어다니고 있었다. 아무리 개를 좋아한다고 해도 묶지도 않은 큰 셰퍼드가 다가오니 좀 겁이 났다. 그러나 덩치는 커도 역시 개는 개였다. 그 녀석은 우호의 표시로 꼬리를 흔들며 나를 올려다보더니 벌떡 일어났다. 헉 하고 놀라서 뒷걸음질 친 순간, 그의 앞발이 나를 덥석 안고 귀와 뺨과 목덜미를 마구 핥아댔다. 키 150센티미터 남짓한 동양인 여자와 큰 셰퍼드가 공원에서 껴안고 있는 모습은 상당히 재미있는 광경이었는지 주위 사람들은 다들 깔깔 웃었다.

"대체 주인이 누굴까?"

두리번두리번 둘러보다 보니 잘생긴 젊은 남자가 조금 떨어진 곳에서 목줄을 들고 서 있었다.

'이걸 계기로 사랑이 꽃필지도 몰라.'

기대하고 개와 껴안고 있었더니 이번에는 벌러덩 하늘을 보고 드러누워 '복종하겠습니다' 하듯이 참치처럼 길바닥에 누운 채, 앞발을 귀엽게 오므리고 배를 만져달라고 했다. 그걸 본 주인은 후후후 웃으면서 이쪽을 향해 걸어왔다.

'차 마시자는 말쯤은 하겠지.'

그러나 그는 바닥에 뒹구는 개를 일으켜 세워서 목줄을 채우고,

"그럼 이만."

하듯이 내게 가볍게 손을 들어 보이고 돌아갔다. 나를 향한 개의 집념과 달리 주인은 나에게 전혀 관심이 없었다.

해외여행에서 현지 남성과 불장난을 즐기는 여성은 수없이 많겠지만, 스페인까지 가서 개가 안아주고 귀를 핥아주는 여자는 나뿐일 것이다. 외국을 알려면 먼저 그 나라의 여성과 자보는 게 좋다는 남성이 흔히 있다. 내 경우 그 창구는 개다. 여행에서 돌아올 때마다,

"다음은 개가 아니라 꼭 그 나라의 남자와 친목을 도모해야지."

하고 결심하지만, 유감스럽게 최근 15년 동안 기대는 완전 꽝이고, 각 나라의 개가 핥기만 하는 걸로 끝났다.

별난 벌

하짱

8년쯤 전의 일이다. 당시 나는 작은 출판사에 다니고 있었다. 사장과 편집장과 사원 겸 잡무 담당인 나 세 사람. 가끔 아르바이트 학생이 수업 마치면 도와주러 오는 아주 영세한 곳이었다. 사장과 편집장은 밖에서 하는 일이 많아서 나는 거의 종일 혼자 보냈다.

어느 장마철 푹푹 찌는 날, 창문을 열어놓고 일을 하는데 부웅 소리를 내며 벌 한 마리가 들어왔다. 벌이 날아다니는 것만으로 꺄악꺄악 호들갑을 떠는 여자가 있지만, 나는 그저 모르는 척 전자계산기를 두드리며 장부를 들여다보고 있었다.

벌은 온 사무실을 붕붕거리며 구경하더니, 한 시간쯤 지나서 아무것도 자기한테 득 될 게 없는 것을 깨달았는지 또 붕붕거리면서 사라졌다. 그 무렵 회사는 신주쿠치고는 조용하고 나무가 많은 주택가에 있어서 종종 배추흰나비며 무당벌레가 사무실 안으로 들어오기도 해서 벌 한두 마리쯤 신경도 쓰지 않았다.

토요일에 휴가를 갔다가 월요일에 출근했더니 내 책상에 벌이 벌러덩 누워 있었다.

"죽은 건가?"

손가락으로 건드렸다가 엉덩이 침에 쏘일까 봐 무서워서 연필로 툭 찔러보았다. 날아오를 기미 없이 그냥 뒹굴었다. 조심조심 가까이 다가가서 보았더니 희미하게나마 여섯 개의 발이 움찔움찔 움직였다. 토요일에 출근한 사람이 벌이 있는 줄 모르고 창문을 닫고 돌아가서 갇혀 있었던 것이다. 일단 물을 먹이는 게 좋지 않을까 하고 우표 붙일 때 사용하는 사무용 스펀지를 물에 흠뻑 적셔서 벌 옆에 가지고 가보았다. 그러자 반쯤 죽어 있던 벌이 스펀지에 덥석 달려들어서 머리를 처박듯이 하고 물을 먹었다.

몇 분이나 스펀지에 달라붙어 있던 벌의 모습에 조금 놀라면서 나는 평소처럼 장부와 전자계산기를 꺼내 일을 했다. 물을 마시고 힘을 찾은 벌은 잠시 후 창틈으로 붕 날아갔다.

그 벌은 그다음 날부터 매일 찾아왔다. 오전 11시쯤 찾아와서 오후 2~3시까지 사무실에 있었다. 그것도 적극적으로 뭔가를 하는 게 아니라 쌓여 있는 책 모퉁이에 붙어 있거나 책장 틈에 앉아 있었다. 아무래도 휴식을 취하러 온 것 같았다.

장마가 끝나고 본격적인 여름이 돼도 벌은 날아왔다. 혼자 일해서 말상대가 없던 나는 매일 오는 벌에게 친근감을 보이며 멋대로 '하짱'(일본어로 벌이 '하치'이다-옮긴이)이라고 이름을 지었다.

"또 왔나?"

하고 말을 걸기도 했다. 고독한 나머지, 좀 위험한 사람이 되어가고 있었다. 에어컨을 켜서 창문을 닫아놓으면, 안으로 들어오지 못한 하짱은 닫힌 창문에 몇 번이나 부딪히며 당황했다. 창을 조금 열어주자, 기다렸다는 듯이 날아 들어왔다.

언제나처럼 붕붕 날더니 하짱도 사무실이 시원하다는 것을 알았는지, 방향을 바꿔 내 머리 위에 설치된 에어컨으로 날아왔다. 그리고 냉풍이 나오는 곳에 달라붙어서 꼼짝 않고 있었다. 찬바람 나오는 곳에 있어서 얼어 죽지 않을까 걱정이 되었지만, 하짱은 몇 시간이나 그곳에 있었다. 그리고 또 저녁 무렵이 되면 붕 하고 날아갔다.

다음 날, 세상에, 하짱이 친구를 한 마리 데리고 왔다. 어제 에어컨이란 문물을 알고,

"이거 아주 훌륭한걸."

하고 기뻐하며 친한 친구에게 가르쳐주어야겠다고 데리고 왔을지도 모른다. 그런데 하짱은 에어컨에 달라붙어 있었지만, 친구는 경계하며 붕붕 사무실 안만 날아다녔다. 그리고 어느샌가 하짱을 두고 가버렸다. 벌들에

게는 그게 당연한 일이리라. 그러나 하짱은 친구가 가도 끄떡하지 않고, 마치,

"천국이네, 천국이야."

라고 하듯이 언제까지고 에어컨에 달라붙어 있었다.

나는 매일 오는 하짱을 보면서,

"이 녀석은 일벌 주제에 노동 의욕이 하나도 없네."

하고 생각했다. 한번은 아르바이트 학생이 벌을 쫓아내려고 해서, 얘는 세상에서도 보기 드문 노동 의욕이 없는 일벌이라고 지금까지 있었던 이야기를 하고, '하짱'이란 이름까지 지어주었으니 괴롭히면 안 된다고 일렀다. 내가 여름 휴가를 갔을 때는 사장이,

"혹시 휴가 간 동안에 하짱이 죽으면 큰일이니까."

하고 걱정해서 벽에다 '모두 하짱을 아껴줍시다' 하고 쓴 종이까지 붙여주었다. 덕분에 내가 일주일 휴가를 마치고 출근했을 때도, 하짱은 건강하게 날아다녔다.

"언제까지 올 생각일까요."

학생들도 하짱을 보면서 말했다.

벌의 수명은 길지 않을 텐데, 역시 매일 오니 정이 생

겼다. 무사히 겨울을 넘기길 바랐지만, 다음 해 봄에는 모습을 보이지 않았다. 천수를 다한 건지, 일벌 대장한테 게으름 부리는 게 들켜서 야단맞았는지는 모르겠다.

일벌은 여왕벌을 위해 평생 몸이 가루가 되도록 일한다. 그런데 하짱은 동료가 필사적으로 일하는데 에어컨 앞에서 시원하게 놀고 있다. 평일에 놀이동산에 가면 농땡이 치고 온 영업사원이 서류가방을 들고 무심하게 관람차를 타고 있다는 얘기를 들은 적이 있다. 필시 이 하짱도 마찬가지였을 것이다. 그렇게 많은 일벌이 있으니 그중에는 별난 놈 한 마리쯤 있을 법도 하겠지만,

"아무리 그래도 희한한 놈이었어."

하고 벌이 날아다니는 모습을 볼 때마다 하짱을 떠올린다.

수컷은 싸우고 암컷은

　　대학교 1학년 때, 학교 근처 신사에 출몰한 수상한 쥐 장사 아저씨에게 생쥐 한 쌍을 160엔에 산 적이 있다. 그런데 줄줄이 새끼를 낳아서 눈 깜짝할 사이에 24마리의 대식구가 되었다.

　　"모든 책임은 사 온 사람에게 있으니 가족계획은 네가 알아서 해."

　　엄마의 말에 나는 생쥐 한 마리 한 마리 일일이 꼬리 쪽을 들어 사타구니를 들여다보고 암컷과 수컷을 다람

쥐용 사육장에 나눠놓았다. 그 커다란 사육장은 그러잖아도 좁은 내 방에 갖다놓고 어쩔 수 없이 매일 생쥐를 관찰했다.

수컷은 제일 먼저 쳇바퀴에 관심을 보였지만, 대체 어떻게 하는 건지 모르겠다는 듯 멀리서 보거나 코만 킁킁거렸다. 어쩌는가 보고 있었더니 적극적인 쥐 A가 뒷발로 서서 앞발로 쳇바퀴를 꽉 잡았다. 그리고 조용히 흔들다가,

"이거 움직이는 거구나."

하는 걸 알게 된 것 같다. 쳇바퀴에 폴짝 올라타서 빙글빙글 돌리면 박수를 보내려고 했더니, 역시 생쥐의 작은 뇌로는 쉽지 않았던 모양이다. 쳇바퀴 꼭대기까지 올라가서 폴짝 뛰어내리자, 단번에 쳇바퀴는 반회전하고 A는 아래로 곤두박질했다. 에구구구 하고 놀라서 들여다보니,

"찌익."

하고 조그맣게 울며 웅크리고 있었다. 다행히 상처는 없었지만, 그날 하루 그 녀석은 쳇바퀴를 건드리려고도

하지 않았다.

다음 날, A는 재차 도전했다. 쳇바퀴 바깥쪽에 매달리기보다 안으로 들어가는 편이 좋다는 것은 알았는지, 처음부터 쳇바퀴 안으로 들어가긴 했지만 아무것도 하지 않고 그저 쳇바퀴 냄새만 쿵쿵 맡았다.

"어이, 달리면 빙글빙글 도는 거야."

가르쳐주어도 내 얼굴을 멍하니 올려다보기만 할 뿐.

그때 다가온 것이 지금까지 녀석의 행동을 보고 있던 생쥐 B다. B는 A를 쳇바퀴 안에 넣은 채, 어제 A가 한 것처럼 앞발로 쳇바퀴를 흔들었다. 그제야 A는 퍼뜩 원리를 알아차렸는지 눈을 동그랗게 뜨고 엄청난 기세로 달리기 시작했다. 쳇바퀴도 거기에 맞춰 데굴데굴 소리를 내며 돌아갔다.

"야호!"

A는 필사적으로 쳇바퀴를 돌렸다. 그걸 보고 난리가 난 것은 다른 생쥐들이다.

"A가 재미있는 것을 하고 있어."

와아 하고 모여서 모두 쳇바퀴 안에 있는 A의 털이며

다리를 잡고 끌어내리려고 했다. A는 한동안 버텼지만, 지쳤는지 다른 생쥐에게 자리를 내주었다. 그들은 바로 빙글빙글 돌렸다. A가 하는 걸 보고,

"저렇게 하면 되는구나."

하는 걸 알았을 것이다. 제일 먼저 흥미를 갖고 도전했다가 곤두박질친 A는 불쌍하지만, 약간의 희생을 치르고 한 사람씩 영리해져가는 것은 새로운 문물을 만난 인간 사회와 같아서 상당히 재미있는 광경이었다.

한편 암컷 쪽은 쳇바퀴에는 그다지 흥미를 보이지 않았다. 느릿느릿 쳇바퀴를 돌리기는 하지만 이내 질렸는지 떨어진 먹이를 주워 먹는 쪽에 정열을 쏟았다. 그렇다면, 하고 나무젓가락이나 고무줄 같은 장난감이 될 만한 것을 넣어주었다. 역시 식욕 쪽이 이겼다. 먹이를 배부르게 먹고 자거나 털을 고르거나 했다. 하여간 먹고 자고 먹고 자기만 한다.

한번은,

"만날 잠만 자고 달리 하는 일은 없으려나."

하면서 바구니 안을 들여다보고 깜짝 놀랐다. 암컷

중에서 가장 덩치가 큰 것이 가장 덩치가 작은 것의 허리를 잡고 등 뒤에서 덮쳐 교미를 하려고 하는 게 아닌가.

"안 돼!"

나는 엉겁결에 손을 넣어 두 마리를 떼어놓았다.

"너희 가족이잖아."

덩치가 큰 쥐한테 설교를 해봐야 들은 척도 않고 귓등을 벅벅 긁었다. 당한 쪽은 사육장 한구석에서,

"지금 도대체 무슨 일이 일어난 거야."

하는 분위기로 멍하니 있다. 매일 먹고 잠만 자니 시간을 감당 못 한 암컷끼리 그것도 자매와 그런 짓을 하는 타락한 생활은 아무리 쥐라고 해도 문제였다.

가장 신기했던 것은 덩치가 큰 암컷이 수컷이 하는 행위를 어떻게 알고 있나 하는 것이다. 실수로 암컷 사육장에 수컷을 넣은 것도 아니고, 유일하게 생각할 수 있는 것은 부모가 하는 걸 훔쳐보았다는 것뿐이다. 그러나 암컷에게 욕정을 느끼는 암컷은 동물계에서는 상당히 특이하다. 같은 상황에서도 수컷 쪽은 싸우긴 하지만 덮치지는 않았다. 그런데 암컷 쪽은 싸우진 않는

데 덮치려고 한다.

"저 쥐는 겉으로는 암컷이지만, 알고 보면 수컷이었을까."

"암컷끼리 같이 있으면 암컷이 수컷의 본능을 갖게 되는 걸까."

이런저런 생각을 해보았지만 결론은 나지 않는다. 내 의문에 명쾌한 대답을 줄 책은 없을까 하고 찾은 적이 있지만, '레즈비언 쥐에 관한 연구'를 하는 사람이 있을 리 없어서 17년이 지난 지금도 이 건은 수수께끼인 채로다.

멧
돼
지
가
족

최근 결혼하고 싶지 않은지 하지 못하는
지 서른 넘은 싱글 남성들이 늘었다던데 남동생도 그중
하나다. 나보다 요리와 재봉질을 훨씬 잘해서 집안일에
는 불편함이 없으니 싱글로 살아도 괜찮지 않나 싶은
데, 엄마 생각은 좀 다른 것 같다.

"좋아하는 사람이 있을까."

하고 혼자 끙끙거린다. 밸런타인데이 때는,

"너, 초콜릿 받았냐? 응? 응? 응?"

하고 끈질기게 뒤를 따라다니며 물어서 동생이 질색한 적이 한두 번이 아니다. 여자에게 선물을 받아오기라도 하면 마치 도깨비 목이라도 따온 듯이 기뻐하며 우리 집에 전화를 걸었다. 그 여자가 어떤 마음으로 보냈는지도 모르면서,

"곧 갈지도 모르겠다."

하고 황홀해한다.

"어쩌면 청혼 거절 편지와 함께 물건도 되돌려준 거 아닐까."

라고 했더니,

"너는 어째 그렇게 꿈이 없는 소리만 하냐."

하고 토라졌다. 선물 건은 기대와는 반대로 아무런 진전도 없어서 엄마는 조금 풀이 죽어 지냈다.

"나도 싱글인데."

라고 해도 엄마는,

"넌 아무래도 상관없어. 네 마음대로 살아."

하고 전혀 관심을 보이지 않았다. 그런데 동생은,

"친구 ○○도 ××도 아직 장가 못 간 것 같더라."

하고 상세하게 체크했다.

애초에 집은 있지만 차 없음, 엄청나게 건강한 시어머니 있음. 거기에 입이 거친 누나 있음. 이런 사람들과 가족 관계를 가지려고 하는 여성이 있는 게 이상하다. 동생도 결혼하고 싶어 죽겠다는 모습도 아니고, 아직 기타만 치고 다니는 기타 마니아여서 이런 녀석과 결혼하면 여자가 불쌍할 것 같다. 기타 신제품이 발매되면 신나서 사오는 모습을 볼 때마다 엄마는,

"기타를 안지 말고 자식을 안았으면 좋겠다."

하고 한탄한다.

동생이 고등학생 때, 선생님에게 듣고 온 멧돼지 이야기를 해준 적이 있다. 정말인지 거짓말인지 모르겠지만, 어쨌든 얘기는 이렇다.

멧돼지 아빠와 엄마와 새끼 두 마리가 있었다고 한다. 산에서 사냥꾼을 만났을 때 그들이 어떻게 도망가는가 하면 먼저 엄마가 선두에, 그다음 새끼, 마지막이 아빠 순서로 일렬로 도망친다고 한다. 그때 서툰 사냥꾼이라면 아빠를 쏜다. 그러면 그 틈에 엄마는 새끼를 데리고

얼른 도망간다고 한다.

그런데 영리한 사냥꾼이라면 엄마를 겨냥해서 숨통을 끊는다. 그러면 선두가 되는 것이 새끼다. 의지하고 있던 엄마가 갑자기 없어져서 새끼는 당황하며 다음에 의지할 존재인 아빠 뒤에 따라가려고 한다.

여기서 아빠가 기지를 발휘하여 잘 앞장서서 도망치면 좋을 텐데, 멧돼지 아빠는 엄마가 없어지면 허둥거리며 그저 눈앞의 새끼 뒤를 따라서 달릴 뿐. 즉, 새끼와 아빠는 한 곳을 열심히 뱅글뱅글 도는 것이다. 영리한 사냥꾼은 엄마를 쏜 뒤에 유유히 산속으로 들어가면 한 자리에서 뱅글뱅글 도는 아빠와 새끼를 일망타진할 수 있다. 총알 하나로 경제적인 수렵이 가능하다고 선생님이 말했다고 한다.

나는 이 이야기를 듣고,

"하야시가 산베이의 신작 만담 아냐?"

하고 의심했지만, 동생은,

"생물 선생님이 그렇게 말했단 말이야."

하고 진지한 얼굴을 했다. 그러면서,

"아빠 멧돼지 불쌍해. 이래도 죽고 저래도 죽어서 멧돼지 전골이 될 운명이니……."

하고 숙연해했다. 엄마가 총에 맞아도 아빠는 결국 잡히고, 아빠가 총에 맞으면 엄마는 새끼를 데리고 도망간다. 고통스러운 입장인 건 확실하다.

"실수로 새끼가 맞으면 아빠는 도망치지 않을까."

라고 말해보았지만,

"미덥잖은 아빠여서 새끼가 총에 맞으면 충격으로 다리 힘이 풀려서 역시 잡힐 거야."

라고 한다. 두 마리 중 한 마리가 맞아도 아빠는 다리가 풀릴 것이고, 엄마 쪽은 오로지 전진하는 것만 생각해서 도망칠 거라는 얘기다.

"흑흑흑…… 슬프다……."

동생은 팔로 눈을 가리며 우는 시늉을 했다.

"너는 새끼도 없으니 신경 쓸 필요 없잖냐?"

"아니지, 그게. 인간도 마찬가지야."

선생님한테 그 얘기를 들을 때도 여자아이들은 입을 크게 벌리고,

"깔깔깔."

웃는데, 남자아이들의 얼굴은 굳어졌다고 한다.

"세상에 같은 멧돼지만 있는 건 아니니까 엄마가 총에 맞으면 얼른 앞장서서 새끼와 함께 도망가는 아빠가 되면 되잖아."

"아내가 총 맞으면 다리에 힘이 풀리는 체질이라고, 나는."

동생은 한숨을 쉬었다.

"아내나 새끼가 없으면 홀가분하지, 뭐……."

등등 한동안 주절거렸지만, 그 후로 14~15년이 지나도 기타나 들고 다니는 애송이인 채로 있는 걸 보면, 엄마가 기대하는 엄마 멧돼지와 귀여운 새끼 멧돼지는 등장할 가능성이 없을지도 모른다.

그러면 그런대로 나이를 먹어서 할머니 멧돼지, 아줌마 멧돼지, 아저씨 멧돼지가 제각기 뭐라도 하면서 살면 된다. 상상만 해도 우중충하지만, 산에는 이런 멧돼지도 있을 거라고 느긋하게 생각하기로 했다.

남자의 책임

10년 전에 우리 집에서 기르던 암고양이 토라는 세 번 출산을 했지만, 아빠인 길고양이 구로가 태어난 새끼를 만나러 오는 꼴을 본 적이 없다. 발정기에 토라 주위를 어슬렁거려서 신경 쓰이긴 했지만,

"토라도 그렇게 싫은 것 같지 않고, 제법 인물도 반반하니 뭐, 내버려둘까."

그렇게 우리는 결혼을 인정한 것이다.

그런데 토라의 배가 불러도 한번 쓰다듬어주는 법 없

이 토라의 먹이를 가로채서 냅다 어딘가로 가버린다. 무사히 출산한 뒤에는 멀찌감치 떨어져서 다가오려고도 하지 않았다. 그걸 본 엄마는 진지한 얼굴로 설교했다.

"어이, 너, 책임져."

고양이한테 책임을 지라고 하다니 어떻게 해야 하는 거냐고 물어도,

"남자한테는 남자로서 책임지는 법이 있는 거야."

하고 투덜거렸다. 구로의 태도는 장난으로 손을 댄 여자에게 아이가 생겼지만, 설득해도 듣지 않고 애를 낳아버려서 점점 거리를 두다 결국은 도망치려는 인정머리 없는 사람 남자와 같았다.

한편, 토라는 정말로 씩씩했다. 아이를 낳기 전에 이미 고령이어서 여름이 되면 언제나 힘들어했다.

"어쩌면 올해가 마지막일지도……."

우리는 조심스럽게 속삭였다. 그러던 차에 토라 주위에 구로가 어슬렁거리기 시작하고, 녀석의 모습이 보이면 토라도 기쁜 듯이 야옹야옹거리며 집을 나가게 되었다. 늘그막의 사랑은 불타올라서 나잇값도 못하고 배가

남산만 해진 것이다. 그러잖아도 바로 죽을 것 같은 분위기였는데, 임신까지 했으니 산모와 새끼가 둘 다 죽는 게 아닐까 걱정했지만, 토라는 회춘한 듯이 날쌔게 움직였다. 먼저 눈초리가 달라졌다. 지금까지는 멍하니 뜨고 있기만 한 느낌이었는데 눈동자가 반짝거렸다. 배는 부른데 동작이 민첩했다.

"앞으로 나는 큰일을 해야 하니까 더 힘을 내야지."

하는 강함이 뒷모습에 흘러넘쳤다. 씨를 뿌린 구로는 내버려두고 세 번이나 출산하여 아홉 마리의 새끼를 낳아서 혼자 의젓하게 키웠다.

친구네 집 고양이 얘기를 들어봐도 새끼가 태어나도 아빠 고양이의 존재는 거의 없다. 혈통을 중시하여 맞선으로 만나 준비가 완벽한 혼인이라면 몰라도 대부분은 태어난 새끼 고양이의 무늬로 판단해서,

"저 녀석이 아빠네."

하는 경우가 많다. 그중에는,

"난 저 흰둥이가 괜찮던데 어째서 저렇게 못생긴 애랑 사귄 거야."

56

하고 건강하게 태어난 새끼 고양이를 앞에 두고 불평하는 사람도 있었다. 당사자인 고양이로서는 누구와 사귀건 자기 마음일 텐데 집사는 집사 나름대로,

"우리 릴리한테는 고등어 무늬의 저 미남 고양이가 딱인데."

등등 생각이 있는 것이다. 부모와 자식 관계는 암고양이를 키우는 사람만의 문제 같지만, 친구 집에는 좀 색다른 고양이 부자가 있었다.

그녀의 집 고양이 치비는 수컷이다. 암컷과 달리 수컷은 행동 범위가 넓어서 며칠씩 집을 비우는 일이 허다하다. 평소에는 적어도 사흘에 한 번은 돌아오는데 그때 따라 일주일이나 돌아오지 않았다. 걱정이 되어 근처 큰길이나 보건소를 찾아보았지만, 어디에도 없었다. 대체 어떻게 된 걸까 걱정하고 있는데 실종된 지 10일쯤 지나서 겨우 돌아왔다. 쪽문에 앉아 있는 치비를 보고 가족은 가슴을 쓸어내렸지만, 아무래도 느낌이 이상했다. 숨소리가 거칠고 흥분한 듯했다.

"무서운 일을 당한 게 아닐까."

하고 곁에 다가갔더니 치비 옆에 치비와 꼭 닮은 새끼 고양이가 붙어 있었다.

"어머나, 어떻게 된 거야."

하고 말하는 순간, 치비와 새끼 고양이는 엄청난 기세로 집 안으로 뛰어 들어갔다.

"대체 이게 무슨 일이야?"

다들 어안이 벙벙해하는 걸 뒤로하고, 두 마리는 엄청난 속도로 집 안을 돌아다녔다. 5분쯤 계속 뛰더니 치비는 새끼 고양이와 사이좋게 자기 침대에서 잤다. 그리고 다음 날 아침, 새끼 고양이와 함께 배가 고프다고 말하러 왔을 때,

"얘는 네 새끼야?"

친구가 물었더니,

"그렇다옹."

하고 대답을 했다. 보통은 엄마 고양이가 새끼를 데리고 있는데 어째서 수컷인 치비가 새끼를 데리고 온 걸까, 가족끼리 서로 얘기하는 도중에 두 마리는 휘익 사라지더니 그 뒤로 돌아오지 않았다고 한다.

"아마 여행을 떠나기 전에 신세진 우리한테 새끼를 보여주러 온 걸 거야."

친구 어머니는 그렇게 말했지만, 우리 사이에서는 '크레이머 고양이 사건'이라 하여 기르던 고양이의 7대 불가사의 행동 중 하나로 전해지고 있다.

최근에는 인간 사회에서도 육아를 담당하는 아빠가 많아졌지만, 엄마 말에 따르면 현재 본가에 드나드는 흰둥이를 임신시킨 얼룩이가 그런 유형이라고 한다. 새끼가 두 마리 태어난 뒤 얼룩이는 줄곧 아내와 아이 옆에서 떠나지 않았다. 새끼 고양이가 매달리면 꼬리를 흔들며 놀아준다. 산책하러 갈 때도 꼭 처자식을 데리고 간다. 정원에서 처자식이 뒹굴고 있으면 혼자 꼿꼿하게 앉아서 주위를 망보며 마치 적으로부터 처자식을 지키는 것 같다고 엄마는 말했다. 아마 자식이 스스로 생활할 수 있게 되면 떠나겠지만, 여간 의젓한 태도가 아니다.

이것이 크레이머 고양이 치비처럼 특수한 사례가 아니라 트렌디한 수고양이의 모습이라면 재미있겠다. 사람도 의식 변화가 있으니, 어쩌면 고양이에게도 있지 않을까. 고양이 아빠와 엄마와 아이가 나란히 동네를 산책하는 모습을 볼 수 있는 것도 그리 먼 미래의 얘기가 아닐지 모른다. 그러면 또 얼마나 즐거울까.

　　우리 집에는 얼마 전까지 파리가 있었다.
낮에 청소할 때 창문을 열어놓아서 그때 들어온 것 같
다. 포동포동 살이 찐 녹색 똥파리였다. 밤에 텔레비전
을 보고 있는데 붕붕 하고 머리 위를 정신없이 날아다
녀서 정말로 시끄러웠다. 그러고 보니 어릴 때는 매일
파리와 씨름을 했는데 언젠가부터 그들과 소원해진 것
같다. 낮잠 자는 동생이 입을 헤벌리고 자고 있을 때 입
속으로 작은 파리가 뛰어든 적도 있다. 집에 수시로 두

세 마리의 파리가 있는 건 당연한 일이 아닐까.

과자를 탁자 위에 올려놓은 채 나갔다 오면 반드시라고 해도 좋을 정도로 파리가 두세 마리 앉아 있었다.

"와앗."

하고 황급히 쫓아내도 파리는 붕 날아올라서 천장이나 문에 달라붙었다. 그리고 빤히 우리를 지켜보는 것처럼 보였다. 엄마가 늘,

"파리가 앉았던 건 먹으면 안 돼."

라고 해서 파리가 과자에 달려들면 1회분 간식이 없어졌다. 파리가 앉았던 음식은 이웃 사람들이 같이 돌봐주는 유기견 타로에게 주었다. 먹고 싶은 것을 꾹 참다가 겨우 먹을 수 있게 된 과자를 타로에게 먹일 때는 정말 분했다. 타로는 비스킷도 양갱도 아이스크림도 전병도 뭐든 다 먹었다. 파리가 앉아 있던 된장국에 만 밥을 게눈 감추듯이 먹고도 배탈이 나지 않는다. 파리가 앉지 않았어도 과식하면 이내 배탈이 나서 소화제 신세를 졌던 나는 무엇을 먹어도 아무렇지 않은 타로를 보고 '나도 개가 되고 싶다'라고 생각했다.

엄마는 음식에 파리가 앉았던 걸 알면,

"그러니까 밥상보 잘 덮어두라고 했잖아."

하고 화냈다. 일일이 덮는 것이 귀찮아서 괜찮겠지 하고 방치해두면, 그때는 보이지 않았는데 어느샌가 파리가 모여들어 있다. 들고 있던 하드에 파리가 모여들어 엉엉 울면서 나머지를 수채에 버린 아이도 있었다. 우리는 파리와 과자 쟁탈전을 했다. 파리는 전염병을 매개로 하는 인류의 적, 그리고 아이들에게는 과자를 빼앗는 적이기도 했다.

라면집에 가면 항상 갈색 파리 끈끈이가 천장에 몇 개 나선 모양으로 매달려 있었다. 거기에는 마치 물방울무늬처럼 검은 파리가 점점이 붙어 있었다. 아주 흥미로운 광경이었지만, 그 밑에서 라면을 먹고 있으면 달라붙은 파리가 언제 뚝 떨어질지 불안해서 내내 등골이 오싹했던 기억이 난다. 지금 생각해보면 라면집 한 군데에 그렇게 많은 파리가 드나들고 있으니 아마 상당한 숫자였을 것이다. 그렇게 많았으니 내가 매일 파리 쫓느라 하루를 보내는 것도 당연했는지 모른다.

파리는 정말로 이쪽의 허를 찌르고 날아왔다. 하루 열 마리로 목표를 정하고 파리채를 휘두르고 다닌 적도 있다. 제대로 겨냥해도 내가 파리를 잡는 확률은 아주 낮았다.

"에잇."

하고 파리채를 내리쳐도 어떻게 된 건지 붕 하고 도망쳐버린다. 그러고는 마치 비웃듯이 또 다가와서는 머리 위를 빙빙 돈다. 그때마다 나는,

"꺄악."

하고 히스테리를 일으킬 것 같았다. 그러나 엄마는 파리채 든 손을 뒤로 감추고 빤히 노려보다가,

"어이, 죽이지 마. 파리가 손으로 빌고 발로 빌잖아(고바야시 잇사의 하이쿠—옮긴이)."

하고 중얼거린다. 뭐야, 죽이지 않을 건가, 생각하면서 보고 있으니 천천히 손목 스냅을 움직여서 휙 하고 파리채를 내리쳤다. 그러면 반드시 손발을 오그라뜨리고 천장을 향해 승천한 파리의 모습이 있었다. 백발백중이었다.

"죽이지 않는 줄 알았네."

라고 하니, 엄마는,

"그렇게 말해서 파리를 방심하게 하는 거야."

라고 했다. 나처럼 노골적으로 적의를 드러내면 파리도 그걸 눈치채고 경계한다. 적을 방심하게 하고 한칼에 보내는 것이 파리 잡기의 비결이라는 것이다. 게다가,

"너하고 나는 집중하는 방법이 달라."

하고 자랑까지 했다.

엄마는 그밖에도 마치 모기를 잡듯이 양손으로 파리를 잡아 죽이는 기술, 눈앞에서 나는 파리를 재빨리 오른손으로 움켜쥐는 기술 등, 다양한 파리 잡기 기술을 갖고 있었다. 나와 동생은 엄마를 인간 끈끈이라고 불렀다.

그렇게 우리 생활에 밀착한 파리였는데 어느샌가 모습을 감추어버렸다. 없어서 쓸쓸한 것도 아니어서 그래도 상관없지만, 금파리가 방 안을 날아다니는 걸 보고,

"그러고 보니 옛날에는 파리가 많았지."

하고 어린 시절을 떠올릴 정도로 파리와는 소원해졌다. 오랜만에 모습을 나타내서 이름도 붙이고 귀여워해

줄까 했지만, 역시 파리는 그렇게까지 할 수 없었다. 붕붕거리며 정신없이 날아다니는 모습은 정말로 짜증난다.

"왜 그렇게 안정을 못 해."

잔소리라도 하고 싶어진다.

밝은 것, 반짝거리는 것을 좋아하는지 거울이나 텔레비전 주위를 몇 번이나 왕복한다. 그것뿐이라면 괜찮지만, 얼굴에, 발에 달라붙어서 성가시기 짝이 없다. 결국 나는 결심하고 엄마에게 전수받은 파리 잡기 비법으로 방심하게 한 뒤 둘둘 뭉친 신문지로 똥파리를 후려쳤다. 역시 파리는 없는 편이 낫다.

벽장의 주인

부모님은 신혼 시절 주인집 2층의 세 평도 안 되는 단칸방에서 살았다. 아버지는 학교를 졸업하고 신문사에 다녔지만, 화가가 되고 싶은 꿈을 버리지 못하고 멋대로 회사를 그만둬버려서 본가와 의절당한 처지였다. 그 후 독학으로 그림을 그렸지만, 전혀 돈이 되지 않았다. 당연히 신혼생활은 비참했다. 초등학생 교재용 연습장인 '채소 가게 아저씨'나 '사과', '귤' 그림을 그리고 몇 푼 안 되는 돈을 받았다. 물론 그것만으로 생활을 할 수 없으니 엄마가 이웃에서 부탁받은 삯바느질 일을 했다. 방에 천조각이나 옷감이 널려 있으면 아버지가 앉을 곳이 없다. 할 수 없이 아버지는 나를 포대기로 업고 고이시카와의 덴즈인(도쿄에 있는 정토종 사찰-옮긴이) 부근을 어슬렁거렸다. 1955년의 세상 사람들은,

"열심히 일해서 풍요로운 생활을 하자!"

하고 의욕이 왕성한데 아버지는 낮부터 아무 하는 일도 없이 빈둥거렸다. 동네에서는 '무엇을 하는지 알 수 없는 묘한 사람'으로 유명했지만,

"저 젊은 부부는 나쁜 사람이 아니에요."

하고 집주인이 언제나 감싸주었다.

어느 날, 아침부터 행방불명이 된 아버지가 저녁녘에야 겨우 돌아왔다.

"다녀왔어요?"

하고 문을 여는 엄마는 싱글벙글하는 아버지의 등 뒤에 이상한 그림자를 느꼈다. 한 번 더 자세히 보니 그는 털투성이의 생명체를 업고 있었다. 고개를 갸웃거리는 엄마를 보면서 아버지는,

"주웠어."

하고 좁은 방에 들어왔다. 엄마는 그가 등에 업은 생명체를 전등불 아래에서 보고 깜짝 놀랐다. 그것은 나이 먹은 커다란 셰퍼드였다.

"대체 어떻게 된 거예요."

엄마가 묻자, 그는 조금 화난 얼굴로,

"공원에 누가 버리고 갔지 뭐야."

라고 했다. 개는 앉지도 못하고 방바닥에 엎어져서 꼬리만 힘없이 살랑살랑 흔들었다. 아버지가 근처 공원에서 아침부터 멍하니 앉아 있는데, 은행나무 아래에 이 셰퍼드가 새끼줄로 묶여 있었다. 언제 주인이 올까 하고 무심히 보고 있었지만, 한 시간, 두 시간이 지나도 아무도 데리러 오지 않았다. 걱정이 돼서 종일 개를 관찰했다. 그러나 저녁 무렵이 되어도 주인이 나타나지 않아 불쌍해서 데려왔다고 한다.

"그 뒤에 주인이 오면 어떻게 하려고요."

엄마가 뭐라고 해도,

"이런 노견을 버려두는 주인이라면 제대로 된 인간이

아닐 거야."

라고 하며 완전히 당신이 키울 심산이었다.

"잘됐지? 이제 안심해."

개도 머리를 쓰다듬어주니 안심한 표정이다. 엄마도 동물은 무척 좋아하지만, 집이 세 평도 안 되는 단칸방이다. 게다가 아기가 있다. 노견이라고 하지만, 도무지 커다란 셰퍼드를 키울 환경이 아니다.

"곤란해요."

모질게 마음을 먹은 엄마는 말했다. 그러자 지금까지 엎어져 있던 개가,

"끙."

하고 몸을 일으키더니 호소하는 눈길로 엄마를 지그시 올려다보았다. 하필 눈이 마주친 엄마는 더 이상 버티지 못하고 단칸방에서 어쩔 수 없이 개와 동거를 하게 되었다.

일단 개는 '세피'라고 이름을 지었다. 세피의 집은 아버지의 명령으로 벽장에 만들었다. 아무리 사람 좋은 집주인이지만, 복도에서 개를 키웠다간 기절초풍할 게

뻔하다. 방 안을 둘러본 결과, 장소는 벽장밖에 없었던 것이다. 안에 들어 있는 짐은 방바닥에 쌓아놓고 누더기 천을 깔아서 침대를 만들었다.

"세피, 잘됐네."

아버지는 벽장 주인이 된 세피에게 말하며 몹시 만족스러워했다. 심란한 것은 엄마였다. 모유를 먹고 응애응애 우는 아기가 있는데 군식구까지 왔다. 그것도 개다. 사는 곳은 단칸방. 남편은 정기적인 수입도 없는 한없이 백수에 가까운 프리랜서. 노견이라고 하지만, 세피도 공기만으로 사는 게 아니다. 싸구려 월세방에서 간신히 살고 있는데 앞일을 생각하면 앞이 캄캄해지는 것은 당연한 일이었다.

부양가족이 늘어났는데 아버지에게는 여전히 일이 없었다. 아버지는 엄마한테 쫓겨나지 않을 때는 나를 위해 종이 인형을 만들거나 풍차를 만들며 놀았다. 그러다 지겨워지면 나를 업고 산책을 나간다. 그다음 밥을 먹고 다시 집에서 뒹굴뒹굴한다. 그러다 밤이 되면 거의 걷지 못하는 세피를 업고 산책을 나간다. 이웃 사람들에게 개를 키운다는 사실이 알려지지 않도록 하느라 고생했다.

그런데 또 한 가지 문제가 생겼다. 그러잖아도 밤울음이 심한 내가 점점 더 자지러지게 울었다. 엄마가 놀라서 살펴보니 세상에 벼룩이 물어서 온몸이 새빨갰다. 세피의 벼룩이 대이동한 것이다. 환경으로 보아 개집에 인간과 개가 함께 사는 거나 마찬가지이니 갓 태어난 연약한 피부의 아기가 벼룩의 먹이가 되는 것은 당연했다. 그렇다고 세피를 쫓아낼 수도 없었다. 온몸이 새빨개진 아기에게,

"이걸로 참아주렴."

하고 기시로 연고만 발라주었고, 나는 가려움에 울수밖에 없었다.

2개월 뒤, 세피는 벽장에서 죽었다. 너무나 슬펐던 부모님은 같이 엉엉 울면서 죽은 세피를 두 장밖에 없는 시트 중 한 장에 쌌다. 그리고 심야에 몰래 집 근처 공터에 가서 묻어주었다. 새빨갰던 내 몸도 원래대로 돌아왔다. 지금도 엄마는 길에서 셰퍼드를 보면,

"세피랑 꼭 닮았네."

라고 한다. 세피도 가엾지만, 나도 불쌍했다. 벼룩에게 뜯겨서 몸이 새빨개졌을 때의 기억이 없어서 정말로 다행이다.

엄마의 정체

지인 중에 어릴 때 자기 엄마가 로쿠로쿠비(일본의 요괴로 자고 있을 때 목이 길게 늘어난다-옮긴이)라고 믿었다는 젊은 여성이 있다. 초등학교에 들어가기 전, 그녀는 가족과 함께 마을 축제에 갔는데 도깨비집 앞에 화려한 색조의 입간판이 서 있었다. 그 간판에는 도깨비집에 등장하는 요괴들이 소개되어 있었다. 그 가운데 갸름한 얼굴에 피부가 하얗고 기모노 차림에 조신하게 앉아 있는 여자가 있었다. 그 여자의 목은 빙그

르르 원을 그리며 허공으로 뻗어 있었다. 그녀의 엄마와 닮았다고 생각했다. 그림 옆에는 서툰 글씨로,

'아이다', '아이, 아이'

라고 쓰여 있었다.

"저 사람 누구야?"

"로쿠로쿠비야. 평소에는 평범한 여자지만, 갑자기 목이 쭉 길어져서 사람을 놀라게 한대."

엄마가 가르쳐주었다. 어린 그녀의 머릿속은 늑대 여자나 곰 남자보다 로쿠로쿠비로 가득해졌다. 그리고,

"엄마도 내가 보지 않는 곳에서 저렇게 목을 쭉 빼고 있는 게 틀림없어."

하고 믿었다.

그 후로 그녀는 같이 자는 엄마의 얼굴을 보고는,

"이 하얀 피부, 얼굴 생김새. 역시 아이하고 똑같아."

하고 확신했다. 그녀는 엄마가 언제 아이처럼 목을 길게 늘릴지 숨을 죽이고 기다렸다. 자기 집에 로쿠로쿠비가 있다니 엄청난 일이다. 빨리 목을 쭉 빼는 걸 보고 싶어서 살며시 목을 만져보기도 했다. 그러나 몇 번을

같이 자도 목이 늘어날 기미가 없어서 그때마다 낙담했다고 한다.

그녀는 이 이야기를 지금까지 아무한테도 하지 않았다. 그래서 그녀의 어머니도 딸에게 로쿠로쿠비로 의심받았다는 사실을 전혀 모른다.

"나 진짜 이상하죠."

그녀는 부끄러운 듯이 말했다.

그러나 나는 자신 있게,

"이상하지 않아요."

라고 단언했다.

실은 내게도 같은 과거가 있기 때문이다.

내가 초등학생 때에는 우메즈 가즈오의 공포 만화가 인기였다. 나도 매주 만화 잡지를 사서 오싹오싹 무서워하면서도 그 공포의 세계로 빠져들었다. 그러다 결국,

"엄마는 뱀 여자가 아닐까."

하는 의문을 가진 것이다. 나는 뱀은 괜찮지만, 뱀 여자는 무서웠다. 엄마가 뱀 여자라는 증거는 여러 가지 있었다. 먼저 만화에 나오는 뱀 여자인 엄마와 우리 엄

마는 헤어스타일이 비슷했다. 긴 머리를 동그랗게 만 이른바 똥머리다. 카디건에 타이트스커트 차림도 비슷했다. 평소에는 자상한 엄마인 척하는 뱀 여자는 본성을 드러낼 때,

"쌔액."

하는 소리를 낸다. 그때 형상은 눈꼬리가 올라가고 입을 크게 벌리며 송곳니를 드러낸다. 침까지 철철 흘리며 이 세상의 것이라 생각할 수 없는 음산함을 풍겼다. 쌍꺼풀 진 눈에 입이 큰 우리 엄마가 심하게 화낼 때 얼굴과 똑같다. 뱀 여자는 모두가 잠든 뒤 스르르 소리를 내며 여기저기 기어 다니다가 새나 짐승을 날것으로 아기자기 먹는다. 어린 내게 그것은 지옥 그림이었다.

나는 공포에 떨면서도 겉으로는 천진난만한 딸인 척했다. 그런 한편으로 엄마의 행동을 시종일관 관찰했다. 만화에서는 뱀 여자의 딸인 소녀가 엄마가 침을 흘리면서 날달걀을 통째로 삼키는 걸 훔쳐본다.

"아앗, 엄마가⋯⋯."

하고 실신할 뻔한다. 우리 집의 경우, 아침 식사로 곧

잘 날달걀이 등장했다. 간장을 몇 방울 떨어뜨리고 뜨거운 밥에 올려서 엄마가 맛있게 먹는 걸 볼 때마다 가슴이 쿵쿵 뛰었다.

"신선한 달걀은 날것으로 먹는 게 제일 맛있더라."

이런 말을 들으면 머리가 어질어질해졌다. 가끔 닭껍질을 매콤달콤하게 간장에 볶은 반찬을 식탁에 올릴 때도 있었다. 고기가 아니라 껍질인 것이 묘하게 리얼했다.

"분명히 밤중에 근처 농가에 가서 잡아온 닭고기는 날것으로 아구아구 먹고 껍질만 이렇게 우리한테 먹이는 걸 거야."

나는 머릿속으로 그 장면을 그리고,

"으헉."

하고 떨었다.

만화 속 소녀는,

"설마 엄마가……."

하고 반신반의했지만, 엄마의 침대 시트에 남은 비늘을 보고 틀림없는 뱀 여자라는 걸 확신한다. 그래서 그녀는 나락의 바닥으로 떨어진다.

나는 다음 날 아침, 엄마가 부엌에서 아침 식사를 준비하는 걸 확인한 뒤, 이불이 반쯤 걷힌 잠자리에 파고들었다. 어딘가에 비늘이 떨어져 있지 않은가 납작 엎드려서 열심히 찾았지만, 비늘은 떨어져 있지 않았다. 문득 정신을 차리고 보니 엄마가 이상하다는 얼굴로 베갯머리에 서 있었다.

"뭐하는 거냐, 대체?"

나는 잠자코 있었다. 아무것도 모르는 엄마는,

"다 커서 아직도 엄마 냄새를 찾고 있냐. 정말 못 말리겠네."

마음대로 해석하고 기쁜 듯이 웃으며 부엌으로 갔다. 나는 비늘이 떨어져 있지 않아서 기쁜 반면 실망하기도 했다. 공포를 느끼면서도 실은 엄마가 뱀 여자이기를 바랐던 것이다. 모두가 아는 뱀 여자가 집에 있다면 두렵기도 하겠지만, 자랑할 수 있다. 그렇게 되면 나는 엄마와 딸이라는 인연을 일방적으로 끊고, 뱀 여자와 그 요괴를 발견한 한 소녀의 관계로 바꿀 생각이었다. 만약 우연히 전날 밤에 조리한 생선 비늘이 이불에 떨어져

있기라도 했다면 내 성격으로 보아 충격은 받았겠지만,
이 특종을 학교 친구들에게 마구 떠들었을 것이다. 그
리고,

"우리 집에는 만화에 나오는 뱀 여자가 있어."

하고 친구들에게 자랑해서 돈을 받고 담장 너머로 엄
마를 구경하게 했을 것이다.

　　　　동물은 사람을 보면 이 사람이 동물을 좋
아하는지 싫어하는지 순간적으로 간파하는 능력이 있
는 것 같다. 동물을 싫어하는 친구가 동물을 좋아하는
사람과 함께 있으면 그들은 그쪽에만 애교를 부린다. 그
친구는 개나 고양이를 무서워해서 '제발 이리로 오지
않기를' 항상 바란다고 한다. 나처럼 그르르릉 목을 울
리는 고양이를 눕혀놓고, "귀여운 배 쓰담쓰담" 하면서
배를 문질러주는 것은 죽어도 못 하겠다며 어이없어 한

다. 동물을 싫어하는 사람은 불쌍한 사람이라고 생각하는 한편, 가끔 그런 사람들이 부러울 때가 있다.

한 달 전, 역 앞에 장을 보러 가려고 뒷골목을 걷고 있는데, 어디선가 고양이 울음소리가 들려왔다. 소리를 들어보니 누군가에게 응석을 부리기보다 뭔지 모르게 절박한 분위기였다. 무슨 일이지 하고 주위를 둘러보았더니 막다른 골목길 안쪽에서 고양이 한 마리가 큰 소리로 울면서 달려 나왔다. 그리고 내 얼굴을 보고 열심히 몸을 비틀며 좀 전까지 들리던 것과는 다르게 달콤한 소리를 냈다. 그 고양이는 암컷으로 뭔가 일을 해야할 정도로 컸다. 사람을 잘 따르는 걸 보니 어느 정도 자란 뒤에 버려진 것 같았다.

"너, 버려졌구나."

그렇게 묻는다고 고양이가,

"네, 그렇습니다."

이렇게 대답할 리 없지만, 나의 튼실한 다리에 찰싹 달라붙어서 떨어지려 하지 않았다. 그 '매달리는 고양이'는 말라서 선천적으로 빈약해 보이는 체형이었다. 그

리고 그 아이에게는 아무런 책임이 없지만, 가엾게도 보는 순간,

"어머나."

하는 소리가 나올 만큼 털이 형편없었다. 어쩌면 그래서 버려진 게 아닐까, 싶을 정도로 아방가르드한 무늬다. 몸은 물론이고 얼굴까지 갈색, 흰색, 검은색의 한 변이 3센티미터 정도의 사각형으로 메워졌다. 자세히 보지 않으면 어디에 얼굴이 있는지도 모르는 미채 효과가 있는 무늬다.

어안이 벙벙해진 나 따위 아랑곳하지 않고, '매달리는 고양이'는 그르르릉 목을 울리면서 내 다리에 머리를 비벼댔다.

"우리 집에서는 고양이를 키울 수 없어. 그래서 아무리 그래도 안 돼."

그렇게 말해도 우뚝 버티고 선 내 다리 주위와 사이에 몸을 비벼대면서 숫자 8을 눕힌 모양으로 돌아다니며 한 걸음도 떼지 못하게 했다.

"이제 장 보러 가야 돼. 안녕."

도무지 말을 듣지 않았다. 점점 큰 소리로 울면서 얼굴을 올려다본다. 난감하기 짝이 없을 때 문득 엄마의 가르침이 떠올랐다.

본가에 있을 때 열세 마리의 고양이 집사로 군림했던 엄마는 몇 번이나 일어난 고양이와의 문제를 전부 원만하게 해결했다. 엄마의 해결법은 언제나 "진심으로 말하면 안다"였다. 고양이도 바보가 아니니 제대로 설명하면 이해한다는 것이다. 나는 한 번 더 냐옹냐옹 울며 발밑에서 '매달리는 고양이'에게,

"우리 집에서는 키울 수 없어. 그러니까 이제 그만 안녕하자."

진심으로 말해보았다. 그러나 상황은 전혀 달라지지 않았다. 한 번 더,

"아무리 그래도 정말로 안 돼. 미안해. 안녕."

한마디 한마디를 끊어서 말해보았다. 그런데 '매달리는 고양이'는 받아들이기는커녕 더 큰 소리로 울었다. 앞으로 자신의 인생이 걸려 있으니 들을 생각조차 없는 것 같다. 어르고 달래다 그 자리를 떠나려고 해도 '매달

리는 고양이'는 허락해주지 않다가 심지어는 두 앞발을 사용하여 내 다리에 태클을 걸기까지 했다.

"아무리 그래도 안 돼."

무섭게 마음먹고 나는 다리를 움직이려고 했다. 그런데 놀랍게도 '매달리는 고양이'는 엄청난 힘으로 매달려 질질 끌려오면서도 절대로 앞발을 풀지 않았다.

"알겠어. 잠깐만 봐봐."

그렇게 말하자 고양이는 순순히 앞발을 풀었다.

자기한테 좋은 말만 알아듣는다.

"절대로 안 돼. 그러니까 잘 가."

단호하게 선언하고 빠른 걸음으로 떠나려는데 대여섯 걸음 걸은 순간 재빨리 쫓아와서 앞을 가로막고 또 다리에 매달리며 울었다. 멍하니 서 있는 내 옆으로 아주머니 두 명이 지나가다 나와 고양이를 보고,

"어머나, 사람을 저렇게 잘 따르네. 귀여워라."

하고 속없는 이야기를 했다. 나는 기가 막혔다. 동물을 싫어하는 사람이었다면 이런 생각을 하지 않을 텐데, 어중간하게 좋아하다 보니 이런 가슴 아픈 일이 생

긴다. 나는 두 손으로 고양이의 얼굴을 잡고,

"말 좀 들어. 미안하다."

하고 뒤도 보지 않고 걸어갔다. 곁눈으로 보니 내 얼굴을 올려다보며 울면서 따라왔다. 그러나 결국 '매달리는 고양이'도 포기했는지, 모퉁이를 돌고 나니 따라오지 않았다. 한참 걷다가 스윽 돌아보니, 고개를 갸웃거리면서 이쪽을 보긴 했지만, 지금 온 길을 터벅터벅 되돌아갔다.

그다음 날부터 3일 동안 큰비가 내려서 내게는 마치 바늘방석 같은 날들이었다. 한동안은 '매달리는 고양이'를 만난 뒷골목을 지나가지 못해서 역에 갈 때도 빙 돌아서 갔다.

날씨가 추워지니 슈퍼마켓 특가 코너에서 갈색과 검은색과 흰색으로 이어놓은 싸구려 모피 깔개가 자주 보인다. 그걸 볼 때마다 나는 '매달리는 고양이'가 생각나서 아직도 심란해진다.

집에서 기르던 암고양이 토라에게 벼룩이
들끓은 적이 있다. 수컷보다는 벼룩이 덜 생겼지만, 그
래도 사람한테 주는 영향이 장난 아니었다. 방바닥에
엎드려서 책을 읽고 있는데 토라가 밖에서 돌아와 뒷발
로 몸을 열심히 긁어댔다. 그러고 나서 얼마 후 내 손발
이 근질근질해졌다.

"안 돼!"

하고 야단치고 토라를 밖으로 내보내려 하는 사이,

방바닥에 펼쳐진 책 위에서 벼룩이 신나게 뛰고 있었다. 밖에 나가서 토라의 몸을 점검하고 눈에 띄는 벼룩은 일일이 잡았지만, 교묘하게 도망친 벼룩이 방에 들어와서 여기저기에서 톡톡 뛰어다니는 것이다. 어찌된 일인지 벼룩은 나와 엄마보다 동생을 집중적으로 물어뜯었다.

"어떻게 좀 해줘!"

동생은 토라와 함께 몸을 벅벅 긁어댔다. 나와 엄마는,

"우리한테는 별 피해가 없으니 그냥 내버려두자. 언젠가는 어떻게 되겠지."

결론을 내리고, 눈에 띄는 벼룩만 톡톡 터뜨렸지만, 일주일이 지나도 벼룩의 기세는 사그라들지 않았다. 온후한 동생도 결국 화가 나서,

"이렇게 벼룩을 데리고 들어오면 빡빡이를 만들어버릴 거야."

하고 토라한테 불평을 하게 되었다.

빡빡이란 토라가 나쁜 짓 했을 때 우리가 야단치는 말로 이발기로 빡빡 밀겠다는 뜻이다. 그러나 그렇게 말해봐야 토라 자신도 가려워서 미치고 있으니 어쩔 수 없다.

"누나, 내일 꼭 벼룩 약 사와."

동생은 10년에 한 번 정도 볼까 말까 한 화난 눈길로 문을 쾅 닫았다. 슬쩍 토라 쪽을 보니 어깨를 축 떨어뜨리고 있는 것이 불쌍해서, 다음 날 회사 근처 펫숍에서 벼룩 약을 찾아보기로 했다.

나는 펫숍이 왜 그런지 거부감이 들어서 그때 처음 들어갔다가 너무나 많은 상품에 깜짝 놀랐다. 옷은 물론이고 개나 고양이가 다는 액세서리까지 있었다. 가게 안을 어물거리고 있으니 젊은 남자가 상냥하게 웃으면서 "어떤 걸 찾으세요?" 하고 다가왔다. 고양이 벼룩 약을 찾는다고 하자, 그는 바로 다섯 종류의 예쁜 색으로 포장된 상자를 들고 왔다.

"지금 저희 가게에 있는 것은 이것뿐입니다만."

자세히 보니 전부 수입품이었다. 제일 작은 통을 골라서 돈을 내려고 하자, 그는 또 미소를 지으면서 물었다.

"손님 고양이는 어떤 종류인가요?"

"일반 단모 고양이인데요……."

"저희 가게에서는 고양이 미용실도 하고 있답니다. 고

양이 모질에 맞는 벼룩 샴푸와 린스도 있으니 다음에 고양이를 한번 데려와 보세요."

정중하게 말했다. 나는 속으로,

'사람도 미용실에 제대로 못 가는데 고양이한테 그런 걸 시킬 줄 알고.'

라고 생각했지만, 일단은,

"그렇군요. 다음에 데려올게요."

하고 허둥지둥 가게를 나왔다.

집에 돌아오니 어젯밤 우리 대화를 들었는지, 토라는 현관에서 기다리고 있다가 내 뒤를 얌전하게 따라왔다. 빡빡이가 되는 건 절대 싫은지, 아무 말도 하지 않았는데 눈앞에 얌전하게 앉아서 벼룩 약을 발라주길 기다리고 있었다.

"오늘 펫숍에서 다음에 샴푸하고 린스를 해줄 테니 고양이 데려오세요, 그러더라."

나는 벼룩 약을 손바닥에 덜면서 토라에게 말했다. 엄마는,

"아이구, 큰일났네. 토라, 어떻게 할 거야?"

하고 와하하 웃었다.

"토라, 샴푸하는 길에 모히칸으로 깎아달라 그래. 멋질 거야."

동생도 한마디했다. 그런 말들을 해도 토라는 얌전하게 앉아 있기만 했다. 눈을 게슴츠레 뜨고 기분이 좋아 보였다. 손발이 닿지 않는 부분을 열심히 긁어주었더니 점점 콧김이 거칠어지며 흐냥흐냥 소리를 낸다. 그대로 마사지를 계속해주자 벌러덩 드러누워서,

"여기도 해줘."

하는 식으로 팔다리를 활짝 펴고 겨드랑이 아래며 다리죽지 부분을 내밀었다.

"아, 예예, 알겠습니다요."

그렇게 말하면서 몸을 계속 비벼주었더니 눈을 감았다. 그리고 전신 마사지를 받은 토라는 벌렁 드러누운 채 입을 헤벌리고 잠이 들었다.

수입산 벼룩 약 덕분에 벼룩은 자취를 감추고, 토라에게도 드디어 안식의 날이 찾아왔다.

"아, 살았다. 미용실에 데리고 가야 하나 걱정했네."

우리는 가슴을 쓸어내렸다. 미용실에 가는 것은 당치도 않는 일이었다. 그런 데다 돈을 쓸 수 없다는 것이 첫 번째 이유지만, 고양이가 샴푸 냄새를 팡팡 풍기는 것도 징그럽다. 우리는 이런저런 말을 되는대로 지껄이면 그만이지만, 역시 가장 불쌍한 건 토라다. 자기도 모르게 몸에 벼룩이 생겨서 가렵지, 털 빡빡 깎는다고 협박하지, 벼룩 약 가루를 몸에 바르면서,

"이래도 벼룩이 없어지지 않으면 어떡하지."

하고 알몸이 된 자기 모습을 상상하며 불안해했을지도 모른다. 자칫하면 빡빡이 고양이를 만들어낼 뻔한 벼룩 소동이었지만, 일단 쌍방이 원만하게 마무리됐으니 경축할 일이다.

　　　　아버지란 사람은 보통 자기는 낡은 옷을
입어도 자식을 위해 뭔가 해주고 싶다고 생각한다. 자식
을 제일 우선으로 생각한다. 그런데 우리 아버지는 세
상의 아버지와는 정반대인 사람이었다. 자기를 위해서
라면 돈을 물 쓰듯 쓰지만, 가족이어도 자기 이외의 사
람에게 돈을 쓰는 건 죽어도 싫어하는 사람이었다. 가
계를 엄마에게 맡기니 본인 뜻대로 되지 않자 지갑은
당신이 갖고 있었다. 지금 생각해보면 나는 그 덕분에

남자에게 뭘 사달라고 떼를 쓰는 버릇이 생기지 않아서 다행이지만, 어린 시절 내게는 도무지 이해가 가지 않는 나날이었다.

엄마를 따라 역 앞 상점가에 가면 장난감 가게 진열장에는 지나갈 때마다 새로운 장난감이 진열되어 있었다. 안 보는 척하고 지나가면서도,

"앗, 이건 전에 없었던 거네."

하고 체크를 게을리 하지 않았다. 아버지가 그런 사람이니 나는 장난감을 볼 때마다,

'이건 사주지 않겠지.'

하고 포기했다. 그러나 그렇게 생각하면서도 2년에 한 번쯤 너무 갖고 싶어서 포기할 수 없는 게 생겼다. 이럴 때가 가장 고통스럽다. 아버지한테,

"인형 갖고 싶어요."

하고 호소하니, 일단,

"어떤 거냐?"

하는 대답이 돌아왔다. 이렇고 저렇고 요렇게 생긴 거라고 설명했더니,

"그거하고 비슷한 것 있잖아?"

하고 날카롭게 지적했다. 당시 장난감은 획기적인 신제품이 나오는 게 아니라 전부터 있던 것에 조금씩 머리를 써서 아이들이 좋아하도록 바꾸어서 팔았다. 인형은 머리카락을 풀고 있을 때는 괜찮지만, 양 갈래 머리를 하면 뒤통수에 머리카락이 없었다. 경비 절약을 위해 머리 전체에 머리카락을 심지 않았기 때문이었다. 나는 내 인형 메리의 머리를 빗어주면서,

"머리카락이 머리 전체에 있으면 얼마나 좋을까."

하고 생각했다. 눈도 깜박이지 않고, 파란 눈은 항상 동그랗게 떠 있었다. 그런데 2년쯤 지나자 얼굴은 똑같지만 머리 전체에 머리카락이 심어져서 어떤 헤어스타일도 오케이. 게다가 눈까지 깜박이는 인형이 나온 것이다.

"전에 산 것 갖고 와봐라."

아버지의 말에 나는 장난감 상자에서 메리를 갖고 와서 보여주니, 진지한 얼굴로 살펴보면서,

"아직 멀쩡하네."

하고 또 날카롭게 지적했다. 그러면 반론할 수 없다.

잠자코 있으니,

"그렇게 뭐든 다 사줄 수는 없어. 책하고 음반이라면 얼마든지 사주잖아."

하고 야단쳤다. 마지막에는 꼭 갖고 싶다면 용돈을 모아서 사라고 꾸짖었다. 그래서 나는 아버지한테 조르지 않고, 매달 용돈을 모아서 갖고 싶은 것을 사는 갸륵한 저축 소녀가 되었다.

갖고 싶은 것을 사주지 않아도 아버지가 오래된 것을 아껴서 사용한다면 나도 이해한다. 그러나 아버지는 가족에게는 "지금 있는 것을 아껴 써"라고 설교하면서 당신은 걸핏하면 옷이나 카메라를 새로 사들인다. 게다가 금세 신제품을 사들이고 금세 질려서 그러잖아도 좁은 집 안은 마치 창고 같았다.

어느 날, 아버지는 싱글벙글 웃으면서 몇 개의 짐과 함께 집에 돌아왔다. 역 앞 펫숍 아저씨와 함께였다. 영문을 몰라 하는 엄마와 나를 무시하고 두 사람은 좁은 방에 큰 수조 세 개와 여러 가지 기구를 설치했다. 그리고 마지막에는 수조에 엔젤피시와 구피를 넣고 나서, 아저씨는 돌아갔다.

"어떠냐, 예쁘지?"

아버지는 자랑했다. 우리는 뿌루퉁했다. 그때까지 그는 근처 공원 연못에서 가재와 참붕어를 잡아오는 게 취미였다.

"참붕어는 어떻게 하려고요?"

엄마는 정원 구석에 화분을 이용해서 만든 참붕어용 수조를 가리켰다.

"참붕어는 예쁘지 않아서 시시해."

그렇게 말하고 그는 수조에 얼굴을 갖다 대고 엔젤피시가 움직이는 것을 바라보았다.

"앞으로 더 예쁜 열대어를 사올 거야."

아버지는 으스댔지만, 나는 이런 물고기보다 대머리가 아닌 메리를 사주는 편이 훨씬 기뻤다.

그 후에도 아버지는 열대어에 열을 올려, 엄마가 나와 동생 바지를 사야 한다고 해도 구시렁구시렁 핑계를 대며 돈을 주지 않았다. 가족의 필요 경비까지 다 쏟아부은 결과, 수조에는 노란색과 빨간색과 물고기 도감에서

밖에 본 적 없는 열대어가 점점 늘어났다. 팔랑팔랑 예쁜 지느러미를 흔들며 헤엄치는 빨간 물고기를 보면, 나는 머리숱도 많고 눈도 깜빡이는 메리가 헤엄치는 것처럼 보였다. 아마 엄마도 입이 뾰족한 노란 물고기를 보고는 아이들 바지가 헤엄치는 것처럼 보였을 게다.

"봐라, 이건 오키나와 물고기야."

아버지는 자랑했지만, 우리는 외면했다.

이렇게 아버지가 자식보다 사랑한 열대어였는데, 어느 날 터무니없는 일이 일어났다. 아침에 일어나보니 수조의 열대어가 모두 익어 있었다. 아버지가 수조에 달라붙어서 원인을 확인해보니, 온도 조절이 잘못된 것 같았다. 열대어가 너무 불쌍했다. 그러나 나는 아버지가 어깨를 축 늘어뜨리고 축 늘어진 물고기를 그물로 건져내는 모습을 보면서,

"쌤통이다."

하고 중얼거렸다. 지금까지 쌓인 체증이 싹 날아가는 기분이었다.

혈통서

나는 혈통서가 집에 장식되어 있을 것 같
은 개나 고양이가 불편하다. 그런 개나 고양이는 어릴
때부터,

"너는 다른 개나 고양이하고 달라."

하는 소리를 들으며 자랐을 것 같아서다. 내가 가장
좋아하는 패턴은,

"바둑아, 잘 지냈어?"

하고 말을 걸면,

"아, 덕분에."

라듯이 열심히 꼬리를 흔드는 것이다. 이럴 때는,

"오, 마음이 통했어."

하고 만족하게 된다. 주인 이외의 사람에게는 차갑게 아무 관심도 보이지 않는 개, 고양이는 세상에 무슨 즐거움이 있나 싶다.

우리 집에서 키운 것은 모두 길고양이뿐이어서 혈통서의 ㅎ 자도 없는 단순한 잡종이었다. 그래도 화장실 위치를 잘 알았고, 해서 안 되는 것들을 가르치면 잘 알아들었다.

"우리 고양이는 화장실이 어디 있는지 몰라서 재촉하면 아무 데나 싸버려."

하고 한탄하는 친구들이 있다. 그런 건 그냥 기억력이 나쁜 것이다. 혈통서가 없는 개나 고양이도 사람과 함께 충분히 삶을 영위할 수 있다. 혈통서 따위는 그저 인간이 만들어낸 재수 없는 신분 매기기에 지나지 않는다.

어느 날 그 친구가,

"과연 혈통서가 있는 개나 고양이는 다르더라."

하고 감탄했다. 얘기를 들어보니 그녀가 뭘 배우러 다니는 집에 갔더니 혈통서 있는 개가 세 마리, 고양이가 다섯 마리 있었다. 선생님은,

"혈통서가 없는 개나 고양이는 지저분해요."

하는 사람이었다.

"얘는요, 엘리자베스 여왕이 키웠던 개하고 같은 혈통이래요."

하고 줄리앙이라는 개를 들어서 보여주고, 미묘 콘테스트에서 3위를 차지했다고 하는 페르시안 고양이인 마릴리아에게 뺨을 비비기도 했다. 선생님의 기괴함에도 놀랐지만, 그녀는 개나 고양이가 거의 소리를 내지 않는 데 놀랐다고 한다. 우리 집에서 키우는 동물들은 주인을 닮았는지 배가 고프면 이내 간절한 눈길로 애교를 부리며 울었다. 무시하면 이번에는 좀 더 울음소리를 크게 내면서 발밑에 다가온다. 그래도 무시하면 부엌에 가서 냉장고 앞에 턱 앉아서 내가 냉장고를 열 때까지 끝없이 울어댄다. 그리고 바라던 대로 밥을 얻은 뒤에는 이쪽에 똥꼬를 보이고 그릉그릉 잔다. 그런데 선생님 집

의 개와 고양이는 거의 움직이지 않고 테이블이나 긴 의자에 얌전하게 앉아서 꼬리를 살랑살랑 흔들었다. 마치 장식품 같았다고 한다.

"무척 얌전하네요. 저는 맨날 할퀴어서 손에 생채기 투성인데."

친구가 선이 몇 가닥 난 손을 보여주자, 선생님은,

"어머나, 그런 짓을 하다니. 우리 고양이는 발톱을 세우는 일이 아예 없어요."

라고 말했다. 우리 고양이는 친구가 오면 기뻐서 마구 달려가고, 과자를 주면 그걸 받으려고 열심히 사랑스러운 표정을 짓고 귀여운 소리를 내며 애교를 부린다. 선생님의 자랑대로 혈통서가 있는 고양이는 그런 비열한 면이 없을지도 모른다. 그러나 집에 줄리앙이니 마릴리 아니 하는 이름의 동물이 있다면 나는 역시 불편해 죽을 것 같다.

개와 고양이가 많은 우리 집 근처에 갑자기 아르 데코 스타일의 호화주택이 생기고, 넓은 정원에 통통한 시베리안 허스키 강아지가 뛰어다닌 것은 작년 연말쯤의 일이다.

"저 집 개는 혈통서 있는 좋은 개 같더라고요."

근처 채소 가게 아주머니가 말해서 나도 앞을 지나갈 때마다 담장 너머로 개가 뛰어다니는 모습을 보았다. 정말 귀여웠지만, 팔다리가 굵어서 앞으로 쑥쑥 더 클 것 같은 체격이었다. 예상대로 개는 눈 깜짝할 사이에 커져서 지금은 넓은 잔디밭을 유유히 걸어 다녔다. 내가 보고 있으면 개도 고개를 갸웃거리며 내 쪽을 볼 때도 있다. 조금은 서민적 감정이 있는가 했지만, 그 당당한 모습은 현관 앞 개집에 묶여서 멍멍 짖는 이웃집 바둑이와는 명백히 달랐다.

개는 그 집 아이들 최고의 놀이 상대로 저녁 무렵이 되면 초등학교 고학년과 저학년인 형제가 배구공을 들고 정원에 나와서 개와 함께 놀았다. 캐치볼을 하면 개가 공을 쫓아서 뛰어다닌다. 형제는 공을 빼앗기지 않으려고 도망치면서 재빨리 패스했지만, 형 쪽이 공을 잡았을 때, 개가 달려들었다. 형제와 개가 경단처럼 붙어 있는데, 갑자기 "퍽" 하는 소리와 "깽" 하는 소리가 동시에 들렸다. 앗 하고 깜짝 놀라서 개 쪽을 보니, 개는 잔디에 엎어져서 오른쪽 앞발로 열심히 얼굴을 문지르고 있었다. 형이 던진 공이 개의 안면을 강타한 것이다.

"괜찮아, 럭키?"

형제가 웃으면서 다가가도 럭키는 엎드려서 계속 얼굴을 문질렀다.

"자, 다시 하자."

아이들이 분위기를 바꾸어 놀자고 해도 럭키는 거기에 끼려고 하지 않았다. 공으로 안면을 직격당한 고통이 어지간했는지, 축 늘어져서 정원 구석에서 꼼짝하지 않았다.

"럭키, 한심하네."

"창피하게."

형제가 저마다 뭐라고 해도 럭키는 외면하고 들리지 않는 척했다. 보통 개라면 순간적으로 위험을 피하려는 본능이 앞서지 않나. 공이 날아오면 얼굴을 돌리는 정도는 해야 하는 거 아닌가. 너무 곱게 커서 운동 신경이 둔한 걸까. 실내견인 몰티즈나 포메라니안이라면 몰라도 그 시베리안 허스키가 말이다. 공을 얼굴에 정면으로 맞다니 어지간히 둔하네. 이걸 목격한 후로 나는 혈통서가 있으면서 좀 멍청한 럭키의 팬이 되어, 담장 밖에서 사랑의 눈길을 보냈다.

새끼를 데리고 온 고양이

집에서 키우던 암고양이에게 새끼가 태어날 때마다 나는 몹시 배신당한 기분이 들었다. 새끼가 태어나기 전과 후의 태도가 완전히 다르기 때문이다. 임신을 알았을 때의 모습은 그야말로 온순하다. 배가 점점 불러오면 우리 앞에 얌전히 앉아서,

"이런 몸이 돼버렸습니다."

하듯이 고개를 푹 숙였다. 뇌가 작은 고양이지만,

"내가 새끼를 낳으면 신세를 지는 이 집 사람들의 부

106

양가족이 늘게 된다. 모두의 반감을 사지 않도록 어떻게든 원만하게 출산하고 싶다."

그렇게 생각하는 것 같았다.

"곤란한데……."

엄마는 언제나 첫 마디에 부정적인 말을 내뱉었다. 그러면 고양이의 등은 점점 동그래지고, 눈만 치뜨고 이쪽을 보며 아주 불쌍한 얼굴을 했다.

"네 사료 값은 어쩔 생각이야?"

엄마는 아픈 데를 콕 찔렀다. 텔레비전 프로그램에서 "길고양이를 데려와서 키우는데 날마다 산책을 나가서 500엔 정도의 동전을 물고 와요" 하고 사료 값을 직접 벌어오는 훌륭한 고양이 얘기를 보고는 압박을 가하기도 했다. 쾌락 끝에 그런 몸이 되었으니 고양이도 잠자코 듣기만 했다. 결국은,

"할 수 없지, 어쨌든 건강한 아기를 낳으렴."

하는 말로 마무리 지었지만, 처음부터 물러터진 얼굴을 보여서 고양이가 기어오르게 하는 건 좋지 않다는 엄마의 방침으로 고양이가 임신했을 때는 언제나 매서

운 한마디가 기다리고 있었다.

고양이는 점점 배가 불러오자 칭얼거리면서,

"배 좀 만져주라옹."

하고 재촉했다. 매정하지 못해서 고양이가 바라는 대로 해주었다.

새끼가 태어나기 전에는 이렇게 우리한테 응석을 부렸으면서, 막상 새끼가 태어나자 고양이는 돌변했다. 일단은 예의 바르게,

"이런 아이를 낳았습니다."

하고 보여주러 오지만, 만지려고 하면 엄청나게 차가운 눈길로 나와 새끼 사이를 막아섰다. 신경이 날카로울 때는 우우하고 나지막이 신음할 때도 있었다.

"그렇게 돌봐주었는데. 그런 태도가 어디 있어."

우리는 고양이의 처사에 항의했지만, 고양이는 새끼 고양이가 어느 정도 클 때까지,

"집사도 신용할 수 없어."

하는 듯한 눈초리를 보냈다.

이렇게 엄마 고양이는 새끼가 태어나면 집사에게조차

서먹한 태도를 보이는데, 요전에 신기한 광경을 목격했다. 역 앞 빌딩 뒷문 출구에 사람들이 모여 있어서 뭔가 하고 틈새로 들여다보니 새끼 고양이 세 마리가 사이좋게 장난치고 있었다. 그리고 그 옆에는 지저분한 엄마 고양이가 반듯하게 앉아 있었다.

"어머나, 귀여워라."

천진난만하게 장난치며 노는 새끼 고양이를 바라보는 사람들은 저마다 눈꼬리가 축 내려갔다. 그러다 그 옆에 고고하게 앉아 있는 엄마 고양이의 모습이 시야에 들어오면 형언할 수 없는 동정심을 느꼈다.

"잠깐만, 뭐 좀 사와야겠다."

내 앞에서 이 광경을 보고 있던 연배의 부부 중 부인은 남편한테 귓속말을 하고 빌딩으로 돌아갔다. 교복을 입은 중학생 3인조는,

"이거 마시려나."

하면서 발밑에 굴러다니던 플라스틱 용기를 주워다 마시던 우롱차 캔을 따라서 주었다.

모두 웅성거리는 중에 모자 가정의 고양이들 앞에는

고등어구이, 먹던 자국이 있는 주먹밥이며 감자칩, 우유가 줄줄이 널렸다. 귀여운 새끼 고양이와 삶의 무게를 전부 짊어진 듯한 엄마 고양이의 모습은 산더미 같은 상품이 있는 빌딩 식품매장에서 장을 봐온 인간에게 상당히 호소력이 있었다.

새끼 고양이들이 야옹야옹하면서 인간들이 갖다 준 음식에 달려드는 것을 보고, 사람들은,

"배가 고팠구나, 딱해라."

하고 웅성거렸다. 자식에게 먼저 먹인 뒤 엄마 고양이가 먹는 걸 보고 눈물짓는 아주머니도 있었다. 보통 엄마 고양이는 사람들 앞에 새끼를 내보이지 않는데 희한하네, 생각하면서 그 자리를 떴다.

2~3일 뒤에 마침 같은 시각에 같은 장소를 지나갔다. 그랬더니 요전과 마찬가지로 그 모자 가정의 새끼 고양이들은 애교를 부리고, 그 귀여운 모습과 대견스러운 엄마 고양이의 모습에 감동한 사람들은 방금 장 본 것 중에서 고양이들이 먹을 만한 것을 나누어주었다. 나는 빙그레 웃으면서 그 자리를 지나쳤다. 저녁 무렵 다시

같은 장소를 지나갔다. 이번에는 엄마 고양이만 합판 뒤에 벌러덩 누워서 배를 벅벅 긁고 있었다. 낮에 근엄하게 앉아 있던 것과는 완전히 다른 태도였다.

"어이, 애들은 어디 간 거야?"

말을 걸었더니 엄마 고양이는 귀찮다는 듯이 흘끗 쳐다보더니, 흥 하고 고개를 돌렸다. 꼬리를 좌우로 흔들며 마치,

"시끄러워, 저리 가."

라고 하는 것 같았다.

"지저분한 내가 혼자 먹이를 구걸해봐야 아무도 주지 않을 거 아냐. 그렇지만 귀여운 새끼들을 데리고 나가면 인간은 틀림없이 먹이를 주거든."

그런 술수에 인간은 고스란히 넘어가고 말았다. 눈물을 글썽이며 고양이들을 위해 먹을 것을 사다주었다. 엄마 고양이는 근엄하게 앉아서 속으로는,

"헤헷헷."

하고 혀를 날름거렸을 것이다.

"이 얼마나 훌륭한 두뇌 작전인가."

나는 '모자(母子)'에 약한 인간의 허점을 찌른 뻔뻔하고 믿음직한 엄마 고양이에게 감탄했다. 그리고 새끼를 위해서라면 아무리 타인에게 폐가 돼도 모르는 척하는 사람 엄마를 떠올리고, '엄마는 기본적으로 뻔뻔하고 이기적인 존재'라는 것을 새삼스럽게 깨달았다.

원숭이의 배려

　　심심풀이 삼아 30분쯤 걸어서 작은 동물원에 가보았다. 날씨도 좋고 원내에는 어린아이의 손을 잡고 있거나 유모차를 미는 젊은 엄마 20~30명이 아이에게 지지 않는 환호성을 지르며, 코끼리나 낙타 우리 앞에 모여 있었다. 나는 그 시끄러운 무리를 피해, 원숭이 우리 앞에서 멍하니 있었다. 우리 안에 우두커니 혼자 있는 원숭이를 보니, "원숭아" 하고 가볍게 말을 걸 수 없었다. 구경꾼에게 애교를 부리지도 않고, 화를 내

지도 않고, 별로 즐겁지 않은 눈빛으로 우리 안에 있는 원숭이. 마치 인간처럼 느껴졌다.

고등학생 때 생물 숙제로 '동물원에 가서 흥미 있는 동물 관찰하기'가 있었다. 나는 동물원에 가면 어떻게든 되겠지 하고, 어느 유명한 동물원에 혼자 가서 어슬렁어슬렁 돌아다녔다. 원내는 한산했고 동물들은 멍하니 있었다. 문득 옆을 보니 고릴라 우리가 있었다. 심심한지 우락부락한 몸을 주체하지 못하고 있어서,

"너도 심심하니."

하고 우리에 다가가 한참 바라보고 있었다. 그러자 안에서 사육사인 듯한 아저씨가 나와서 웃으며,

"고릴라, 좋아해요?"

하고 말을 걸었다. 별로 싫어하지도 않아서 고개를 끄덕였더니, 아저씨는,

"그렇군요. 고릴라를 좋아해주는 여성분은 좀처럼 없는데."

하며,

"이리로 잠깐 와보세요."

하고 일반인은 쉽게 들여보내주지 않는 우리 뒤쪽으로 초대해주었다. 그리고,

"보세요, 사과나 바나나, 이런 먹이를 먹어요."

하고 친절하게 이것저것 설명해주었다.

"기분이 나쁠 때는 손님한테 달려들어서 때릴 때도 있어요."

아저씨는 좀 난감하다는 표정을 지었지만, 정말로 고릴라를 사랑스러워하는 느낌이 들었다.

"또 고릴라를 만나러 와주세요."

그 아저씨 덕분에 내 숙제는 선생님에게 아주 칭찬받았다.

이렇게 우리 안이 아니라, 뒤편에서 본 고릴라의 얼굴은 너무나 철학적이었고 나보다 훨씬 머리가 좋아 보였다. 그 후, 나는 원숭이를 보면 인간이 그곳에 있는 것 같았다. 그래서 원숭이 우리 앞에 서면 인간이 인간을 우리 속에 가두고 구경하는 듯한 착각이 든다.

나는 원숭이 우리를 떠나 마침 통로를 사이에 두고 반대편에 있는 설치류 우리를 보기로 했다. 이곳에는

우리 집에서도 키우는 모르모트가 있어서 친근감이 들었다. 모르모트와 마음을 나누고 있는데 등 뒤에서,

"꺄악."

하는 여성의 작은 비명이 들렸다. 돌아보니 원숭이 우리 앞에 별로 얽히고 싶지 않았던 아까의 젊은 엄마 무리가 있었다. 좀 전의 비명은 제일 앞줄에서 터진 것이다.

"어머, 무슨 일이야?"

"뭔데, 뭔데?"

"왜 그래요?"

아이들은 꺄악꺄악 비명을 지르고 엄마들은 날카로운 소리를 질렀다. 그런데 얼마 후 엄마들은 조용해졌다.

"엄마, 왜 그래, 응?" 하는 아이들 소리만 날 뿐이다. 나도 무슨 일인지 궁금해서 까치발을 해보았지만, 땅딸보라 엄마들 인파에 가려서 대체 무슨 일이 일어났는지 알 수 없었다. 그런데 침묵하던 엄마 무리가 술렁술렁 시끄러워지더니 어깨를 들썩이며 쿡쿡 웃기 시작했다. 진상을 알고 싶어진 나는 철책이 묻힌 블록 위에 기어 올라가서 원숭이 우리를 들여다보았다. 세상에, 원숭이가

사람들 앞에서 사타구니 사이에 있는 것을 손가락으로 잡았다가 늘렸다가 하며 자위를 하고 있는 게 아닌가.

"어머나, 세상에 무슨 짓을……."

검은 네모로 원숭이 사타구니를 모자이크하고 싶었지만, 엄마들은 좋아서 난리였다.

"꺄악, 뭐양."

서로 어깨를 찌르면서 몸을 비트는가 싶더니 유모차를 끌고 원숭이 우리 앞으로 바싹 다가갔다. 뒤편에서 아직 무슨 일이 생겼는지 모르고 의아한 얼굴을 하고 있는 엄마에게는 그야말로 정보통으로 보이는 입이 큰 엄마가,

"글쎄, 있잖아요. 우후후후후."

하고 의미심장하게 웃으면서 귓속말을 했다.

아무리 시간이 지나도 엄마와 아이들 무리는 원숭이 우리 앞을 떠나지 않았다. 아이들은 다른 동물한테로 가고 싶어 했지만, 엄마들 눈은 자위에 여념이 없는 원숭이 사타구니에 쏠려서 발을 떼려고 하지 않았다.

"엄마, 뭐하는 거야? 응?"

"엄마, 원숭이가. 저기 봐, 봐. 징그러워. 꼬추……."

아이들까지 꺄악꺄악거리자, 엄마들은 아이의 입을 막으면서 아쉬운 듯이 옆에 있는 앵무새 우리로 쪼르르 이동했다. 엄마들은 그 후의 원숭이가 궁금한지 아이를 앵무새 우리 앞으로 몰아넣은 뒤에도 흘깃흘깃 원숭이 쪽을 보았다. 원숭이는 그런 짓을 시작하면 도중에 멈추는 것을 모른다는 얘기를 들은 적이 있어서 그대로 줄곧 하는 게 아닐까, 쓸데없는 걱정도 했다. 그런데 원숭이는 우리 앞에서 엄마들 무리가 사라지는 순간, 사타구니에서 손을 떼고 지루한 듯이 하품을 했다. 그리고 엄마와 아이들 무리가 멀어지자 원숭이는 잠을 청했다. 그런 소동이 있었다는 사실이 믿을 수 없을 정도로 고요해졌다.

"어쩌면 원숭이는 저 아주머니들이 가장 기뻐하는 게 뭔지 재빨리 알아차리고 일부러 그랬을지도 몰라."

나는 인간의 모든 것을 꿰뚫고 있는 듯한 원숭이의 얼굴을 보면서 혼자 감탄했다.

개
도
칭
찬
하
면

지인에게 급히 보내야 할 물건이 있어서 평소 택배를 보내는 잡화점에 가자, 어쩐 일로 문이 닫혀 있었다. 할머니 혼자 하는 낡고 작은 목조 가게로, 가게 안에는 물건도 어쩌면 30년 전 그대로이지 않을까 싶을 정도로 오래돼 보인다.

'할머니 몸이 안 좋아지신 건가.'

하고 다가가 보니, 상자 뚜껑을 재활용한 종이에,

'가게 보는 이가 있으니 문을 두드려주세요.'

라고 쓰여 있었다. 할머니가 자고 있으면 미안한데, 라고 생각하면서 유리문을 두드려보았지만, 안에서는 아무도 나오지 않았다. 한 번 더 두드려보니 하얗고 작은 것이 내 앞으로 다가왔다. 머리에 빨간 리본을 단 하얀색의 몰티즈였다. 잠시 고개를 갸웃거리며 유리문 두드리는 내 모습을 바라보더니, 휙 방향을 돌려서 사라졌다.

"대체 무슨 일이지."

택배를 안은 채 불안해하고 있는데 할머니가 천천히 나왔다.

"미안하우. 잠깐 낮잠을 잤네."

할머니의 입에서 턱까지 마른 침 자국이 한 가닥 나 있다.

"어디 편찮으세요?"

"아녀, 아녀. 어제 이웃 사람하고 밤늦게까지 얘기를 해서 그래. 잠이 쏟아져서 못 견디겠더라고. 어차피 손님도 오지 않고 애한테 가게 보게 하고 한숨 잔 거여."

할머니는 '애'라고 하면서 아까 몰티즈를 가리켰다.

"가게를 이 개가 봐요?"

"그려."

할머니는 아무렇지도 않게 대답했다.

"이렇게 작은데 말이야, 잘 도와. 내 말 다 알아듣고 손님이 오면 가르쳐주고. 단골손님한테는 애교도 부리고 장사에 소질이 있어. 무엇보다 월급을 안 줘도 되는 게 제일 좋지."

그렇게 말하고 할머니는 캬캬캬캬 웃었다.

이 개, 이름은 메리. 지금까지 도둑이 들어오는 걸 막거나 통조림 두 개를 사려고 온 손님에게 부비부비 애교를 부려서 결국은 네 개를 사게 한 실적도 있다. 그걸로 끝이 아니라 그다음에 그 손님이 오면 할머니가 상대를 하고 있어도 안에서 얼굴을 내밀고,

"또 오셨네, 고맙개."

하듯이 꼬리를 흔든다고 한다. 나는 원래 몰티즈 같은 실내에서 기르는 소형견은 '털벌레'라고 부르며 별로 좋아하지 않았다. 그저 주인 뒤만 따라다니며 애교만 부리는 재주밖에 없고,

"뭔가 해야지."

하는 의욕이 결여됐다고 생각했다. 그런데 얘기를 들어보니 메리는 그렇지 않았다. 아주 훌륭하게 할머니를 도왔다. 물을 쏟았을 때,

"메리야, 걸레 갖고 와라."

하면 부엌에서 걸레를 끌고 온다. 밤에 조금이라도 이상한 소리가 나면 할머니를 일으킨다. 전화벨이 울리거나 사람이 오면 할머니한테 가르쳐준다. 하여간 기특하다.

"내 임종도 지켜주지 않을까 싶어."

할머니는 또 캬캬캬캬 웃었다. 내가 돌아올 때도 메리는 열심히 꼬리를 흔들며 애교를 부렸다. 할머니 말대로 손님 장사에 재능이 있는 개다. 이만큼 하는 개라면 메리는 임종만 지켜주는 게 아니라 상주가 되어 장례식까지 치러줄 것 같았다.

이 이야기를 개나 고양이에 관해 잘 아는 친구에게 했더니 그건 너무 당연하다고 끄덕였다.

"개는 무슨 일이든 맡겨만 주면 분발하는 것 같아. 모르는 사람이 오면 짖거나 말이야. 하지만 고양이는 안 돼. 일을 시키려고 하면 싫다고 나가버린대."

그러고 보니 우리 고양이는 마리 수는 많지만, 사람에게 도움이 되는 일은 없었다. 빈집털이범이 들어왔을 때도 고양이 일족은 공포를 느꼈는지 바로 피난을 가서만 이틀 동안 돌아오지 않았을 정도다. 만약 이게 개라면 똑같이 공포를 느껴도 나름대로 짖어서 이웃 사람에게 알렸을 것이다.

"근데 개 중에도 특이한 애들이 있대."

친구 어머니의 친구 집 몰티즈도 모르는 사람이 오면 짖어서 식구들에게 당연하게 알렸다. 부인이 정원에 나가 있어서 전화가 울리는 걸 모르면 정원으로 난 유리문이 열려 있을 때는 달려 나가서 옷을 물어 당기고, 닫혀 있을 때는 짖으면서 온몸으로 가르쳐주는 영리한 개였다. 남편이 골프를 갈 때,

"모자."

하고 명령하면 모자를 물고 온다. 이런 짓을 하면 가족들에게 점점 칭찬을 듣는다. 가족도 이웃 사람들에게 자랑한다. 여기에다 공 굴리기나 굴렁쇠 넘기 같은 재주를 몇 가지 익힌다면 당장 방송국이 취재하러 와서 유

명견이 됐을 터였다.

어느 날, 이 집에 빈집털이범이 들어왔다. 그런데 이웃에서 개가 짖는 소리를 들은 사람은 아무도 없었다. 부인이 집에 돌아오자 장롱 속 물건들이 사방에 흩어져 있었다. 집에는 개가 있었는데…… 생각하면서 부인이 문득 욕실 탈의장을 보니 평소에는 영리했던 개가 바들바들 떨면서 밀대 옆에 찰싹 달라붙어서 하얀 밀대 걸레에 동화되어 있었다고 한다.

"사람들이 칭찬하는 게 기뻐서 지금까지는 영리한 척했던 것 같아. 그런데 그날은 자기 혼자밖에 없어서 그저 무서운 마음에 밀대 걸레인 척하려고 했나 봐."

사람과 마찬가지로 동물의 성격도 정말로 각양각색이다. 그래서 같이 노는 게 재미있지만.

어느 여름날 밤, 가족끼리 텔레비전을 보면서 저녁을 먹고 있는데 머리 위에서 자꾸 소리가 났다. 젓가락과 공기를 든 채 천장을 올려다보니 거기에는 붕붕 하고 날갯짓소리를 내는 풍이가 있었다. 전구에 다가간 순간, 튕겨나듯이 으헉 놀라며 떨어진다. 마치,

"아, 뜨뜨뜨."

하는 것 같았다. 뜨거우면 그만두면 될 텐데 풍이는 언제까지고 전구에 집착했다. 창문이 활짝 열려 있는데

나갈 생각도 하지 않고 계속 집 안에서 시끄럽게 굴었다.

풍이는 잡는 것도 아주 간단했다. 풀숲에 나갈 것도 없이 밤이 되면 먼저 찾아왔다.

"날 잡아줘."

라는 듯한 태도였다. 그리고 초조한 듯이 계속 붕붕 날갯짓소리를 낸다. 그걸 보고 있으니 나까지 초조해졌다.

"시끄럽네. 안 나가나."

엄마는 쟁반으로 휘휘 저어 풍이를 한쪽으로 몰아서 창밖으로 내쫓으려 했다. 그러나 풍이는 팔다리에 힘을 주고 필사적으로 천장에서 버텼다. 학생 시절 테니스 선수였던 엄마가 휘두르는 쟁반 바람에도 지지 않았다. 인간의 집 안으로 들어오기보다 바깥을 날아다니는 편이 훨씬 좋을 텐데 어째서 집 안에 있으려는지 초등학생인 나는 고개를 갸웃거렸다.

"앗, 내려왔다."

엄마는 점점 세게 부쳤다. 풍이도 저항하는 데 지쳤는지 공중을 힘없이 날다가 내 어깨에 앉았다. 냉큼 잡아서 곤충 바구니에 넣어버렸다.

"동물은 자기가 위험하다고 생각하면 다가오지 않아."

나는 엄마한테 그렇게 배웠다. 그런데 이 풍이는 반대였다. 곤충 바구니에 넣어도 별로 안달하는 모습도 없이 느릿느릿 걸어 다니거나 바구니에 매달려 있었다. 내가 생각하기에 가장 멍청한 생물은 풍이다.

잡은 풍이는 아주 예쁜 초록색이었다. 등은 비단벌레 색으로 반짝거렸다. 이대로 반지나 목걸이를 만들면 친구들한테 실컷 자랑할 수 있을 것 같았다. 그러나 자세히 보니 유기견 똥에 몰려든 똥파리 색깔하고도 비슷해서 예쁜 것 같기도 하고 더러운 것 같기도 한 묘한 생명체였다. 바구니에서 꺼내 살짝 잡아보았다. 가볍게 쥔 주먹 속에서 풍이는 파닥파닥 움직였다. 그게 너무 간지러워서 나는 풍이가 터지지 않도록 조심하면서 그 기분 좋은 파닥거림을 맛보았다.

"자, 이제 끝."

풍이를 바구니에 돌려보내고 손바닥을 본 나는 헉 하고 놀랐다. 거기에는 금색 소변과 대변의 동료 같은 것이 달라붙어 있고, 믿을 수 없는 악취가 풍겼다. 화가 부글부글 끓어올랐다. 풍이는 아까와 마찬가지로 아무 생각 없이 바구니 속을 걸어 다녔다.

"좋아, 복수다."

나는 옆에 있던 동생한테,

"재미있는 놀이 하지 않을래."

하고 꼬여서 도화지, 성냥, 가위, 칼, 크레파스, 셀로판테이프를 가지고 오게 했다. 장난을 할 경우, 공범자를 만들어서 책임의 반을 상대에게 떠넘기는 것이 초등학생의 지혜다. 동생은 얌전하게 내가 지시한 것을 갖고 왔다.

"너는 미국하고 일본 국기를 만들어."

내 말에 손재주가 좋은 동생은 기뻐하며 두 나라 국기를 조그맣게 만들었다. 나는 성냥개비를 가늘게 쪼개서 착착 준비를 했다.

"다 됐어, 누나."

겨우 1센티미터 되는 종이에 별도 줄무늬도 있는 성조기와 일장기를 그려놓았다.

"옳지, 잘했다."

나는 꼼꼼하게 일한 동생을 칭찬하고, 가늘게 쪼갠 성냥개비 깃대에 각각의 국기를 붙였다. 어린이 도시락 밥에 꽂아놓은 깃발 같았다.

"자, 풍이, 나와라."

나는 멍청한 풍이를 잡아서 가는 양쪽 다리에 셀로판테이프로 깃발을 붙였다. 벌러덩 드러누운 풍이는 손발을 파닥거렸다. 거기에 맞춰 양쪽 발에 붙여놓은 성조기와 일장기가 멋지게 팔락팔락 흔들렸다. 뉴스에서 본 미국의 높은 사람을 향해 일본인이 한 것과 같은 것을 풍이는 하고 있다. 나도 동생도 꺄악꺄악 흥분해서 열심히 깃발을 흔드는 풍이에게 성원을 보냈다.

"뭐하는 거야, 너희들?"

뒤를 돌아보니 거기에는 눈꼬리가 올라간 엄마의 모습이 있었다.

"불쌍하게. 너희가 풍이랑 같은 짓을 당하면 좋겠니? 당장 그 깃발 풀어줘!"

내가 벌러덩 누워서 테이프로 붙인 깃발을 억지로 흔들어야 하는 건 역시 싫었다. 나는 시무룩해져서 풍이의 다리에서 깃발을 떼어주었다. 실수로 다리 하나가 뜯어져버렸다.

"아아아아, 불쌍하게."

엄마의 눈꼬리가 점점 올라갔다. 창틀에 풍이를 내려놓아도 도망갈 생각도 하지 않고 느릿느릿 걸었다.

이 놀이는 엄마한테 들키면 죽도록 혼나므로 이때 이후로 하지 않는 척했다. 그러나 벌러덩 드러누운 풍이가 격렬하게 깃발 흔드는 모습을 도저히 잊을 수 없었다. 그 후로는 엄마한테 들키지 않도록,

"킥킥킥."

웃으면서 동생과 둘이서 여름이 올 때마다 몇 번이고 새로 집에 찾아온 풍이를 괴롭혔다.

올해 초부터 주인집의 개가 두 마리가 되었다. 주인은 만날 때마다 "두 마리가 짖어서 시끄럽죠" 하고 미안해했지만, 내 경우 어린아이 우는 소리보다 개나 고양이 우는 소리 쪽이 훨씬 나아서 아무렇지 않았다. 그보다 주민 이외의 사람이 오면 바로 알고 짖어서 방범상 아주 고맙다고 생각할 정도였다.

전부터 있던 시바견의 이름은 쿠리라고 한다. 몸집이 작은 암컷이다. 쿠리는 여자이고, 집 지키는 개로 충실하게 임무를 완수하고 있다. 보통 얼굴을 트고 나면 애교를 부리기도 하지만, 쿠리는 주인 이외의 사람은 절대 따르지 않는 것 같았다. 조심스럽게 짖긴 해도,

"얼굴은 알지만 이 사람도 여차하면 무슨 짓을 저지를지 몰라."

하듯이 꼬리는 절대로 흔들지 않는다. 택배 기사나 영업사원에게 짖는 소리는 장난이 아니어서 심약한 사람 같으면 눈물이 글썽거릴 정도로 엄청나다. 그러나 집 지킴이로 본다면 더 이상의 개는 없다고 할 만큼 충성심이 강한 개였다.

집주인은 작년에 새끼 고양이도 키웠다. 태어난 지 얼마 되지 않은 귀여운 고양이였는데 새끼를 낳은 적이 없는 쿠리는 그 고양이를 몹시 귀여워했다. 몸을 핥아주고 코끝으로 간질이기도 하는 모습이 마치 부모 같았다. 그런데 새끼 고양이가 갑자기 병으로 쓰러졌다. 주인 가족이 번갈아가며 고양이를 간호하고 있으면 쿠리가 걱정스럽게 밖에서 집 안을 들여다볼 때도 종종 있었다고 한다. 한 달 동안 간병한 보람도 없이 새끼 고양

이는 죽었다. 주인도 물론 낙담했지만, 그보다 더 낙담한 것이 쿠리였다. 자기가 귀여워했던 작은 생명체가 죽다니 순식간에 풀이 죽어서 어깨를 축 떨어뜨리고 식욕이 없어진 것이다.

주인은 쿠리와 자신들을 위해 지역 보건소가 주최한 '개, 고양이 부모 찾기'라는 이벤트에 가보았다. 안락사에 처할 개, 고양이에게 공개적으로 부모 찾기를 하는 이벤트로 한 해에 몇 번 열린다. 그러나 가보았지만 고양이는 전부 입양이 된 뒤로 우리 안은 텅텅 비어 있었다. 맥이 풀린 주인이 돌아가려다 보니 개 우리에 딱 한 마리가 아무도 데려가지 않아서 우두커니 있었다. 강아지라기보다 성견으로 보였다.

"얘만 남았네요. 태어난 지 아직 한 달 반밖에 안 된 암컷인데요."

담당자가 다가와서 설명했다. 그 개가 한 달 반으로 보이지 않을 정도로 컸던 것은 셰퍼드 피가 흐르는 탓이었다. 입양하는 사람 마음이야 역시 작고 귀여운 강아지를 데려다 키우고 싶을 것이다. 아무리 실제로는 아기여도 덩치가 크니 꺼리는 것 같다. 고양이를 찾으러 온 주인은 망설였다. 볼일이 끝났으니 그냥 돌아가면 그만이지만, 이 개를 입양하지 않으면 안락사하게 된다. 그렇게 생각하니 고양이고 개고 따질 수가 없어서, 새끼 고양이 대신에 덩치가 큰 개를 데리고 돌아왔다. 그 모습을 보고 놀란 것은 쿠리였다. 나가는 길에,

"쿠리 친구 찾아올게."

라고 해서 기대하고 있었는데, 데리고 온 것은 자기보다 덩치가 크고 어린 개였기 때문이다.

무쿠라고 이름을 붙인 후임 개는 불안했는지 환경에 익숙해질 때까지 마구 짖어댔다. 한번은 내가 무심코 주인집 마당을 들여다보았더니, 무쿠가 하늘을 향해 계속 짖고 있었다. 그 옆에서 쿠리는 얌전하게 앉아서,

"미치겠네."

하는 얼굴로 무쿠를 바라보고 있었다. 그리고 비스듬히 아래로 고개를 숙이는가 싶더니 하아 하고 한숨을 쉬어서 나도 모르게 웃음이 터졌다.

쿠리는 주인한테,

"낯선 사람이 오면 짖어야 돼."

하고 배웠다. 쿠리는 그걸 충실하게 지켜왔다. 그런데 무쿠는 사람이 오거나 말거나 관계없이 짖었다.

"아아, 짜증나네⋯⋯."

쿠리의 중얼거림이 들리는 것 같았다.

무쿠는 성장할수록 셰퍼드 혈통이 현저하게 나타나서 점점 덩치가 커졌다. 덩치가 커지며 자신감도 생겼는지 태도도 점점 커지고, 배 속 저 밑에서부터 울리는 소리를 내어 사람들을 압도했다. 그러나 상태를 보니 수상한 자를 경계해서 짖는 게 아니라, 어쩐지 놀아달라고 짖는 것 같았다. 그 증거로 어떤 사람이 와도 짖기는 하지만, 꼬리가 떨어져라 흔든다. 몸도 크고 목소리도 큰 녀석이 뒷발로 짚고 벌떡 서버리니까 다들 덮치는 줄 알고 무서워한다. 그러나 꼬리는 사람에게 친근감을 표시하는 것이다. 최근에 무쿠밖에 보이지 않아서 어찌된 건가 주인한테 물었더니,

"무쿠는 점점 커가는데 쿠리는 나이를 먹어가잖아요. 그래서 풀이 죽어 있어요. 요즘은 줄곧 툇마루 아래에

서 생활해요. 그리고 우리가 자기 얘기를 하는지 가만히 듣고 있는 것 같아요."

라고 했다. 주인이 툇마루 아래를 들여다보니 쿠리는 엎드린 채 꼬리를 흔들고 있다. 밥 때가 되면 느릿느릿 나와서 먹고, 다 먹고 나면 또 툇마루 아래로 돌아가는 생활을 하고 있었다. 그런데 자신의 임무는 잊지 않았다. 사람이 오면 바로 툇마루 아래에서 튀어나와 멍멍 짖었다. 무쿠처럼 절대로 꼬리 따위 흔들지 않는다.

"얼른 꺼져!"

하는 듯한 짖음이다. 그것이 일단락되면 또 느릿느릿 툇마루 아래로 돌아간다. 젊은이에게 일을 빼앗길 처지가 돼도 열심히 하고 있다. 매일 무쿠의 짖는 소리와 함께 쿠리의 조금 쉰 목소리가 들린다. '노견 노후 문제'도 꽤 큰일이구나, 하고 짖는 소리를 들으면서 생각했다.

　　'고양이 넘기기'라는 달력이 있다. 집고양
이, 길고양이 불문하고 고양이 사진을 모집해서 엄선한
사진을 한 장씩 넘기는 일력으로 여간 즐거운 게 아니
다. NHK 히라노 지로 씨가 '고양이 넘기기'에 집고양이
사진을 응모하여 뽑혔을 때 얼마나 기뻤는지 쓴 에세이
를 읽고 친근감을 느낀 적도 있다. 달력 끝에는 등장한
고양이 이름이 있는데, 그걸 보자면 "이 이름의 유래는
대체 뭘까" 하고 궁금해지는 이름이 많다.

'야옹이', '얼룩이' 등은 아주 일반적이다. 세련된 이름으로는 서양식인 경우 '세시지타', '첼레스타', '이리스', '엑타크롬'. 뭔지 모르게 고귀한 얼굴을 하고 있을 것 같다. 일본식인 경우는 '오차마루', '가메노스케', '유메요시', '도메키쓰'. 털이 짧고 야무진 일본 고양이에게 어울리는 이름이다. 그중에는 집사 이름과는 전혀 관계없이 '네코다 우즈코', '네코다 모헤지', '가사하라 모모타로' 등 고양이용 성까지 붙여준 것도 있다. 집사는 자기 마음대로 이름을 짓는다. 평범한 이름이라면 몰라도 묘하게 꼬인 이름을 지어서 죽을 때까지 그 이름으로 불리는 동물들은 대체 어떤 기분일까.

지금까지 듣고 가장 놀란 이름은 '쓰레기인간 제1호'였다. 장소는 어디였는지 잊었지만, 믹스견을 묶어놓은 개집에,

'쓰레기인간 제1호의 집'

이라고 매직으로 꺼멓게 쓰여 있었다. 아마 그 개는 긴 이름을 줄여서,

'쓰레기, 쓰레기'

라고 불렸을 것이다.

겨울에 우리 집에 들어온 길고양이는 감기에 걸려서 콧물을 흘리고 있었다. 그래서 나는,

"'콧물스케'라고 하자."

라고 제안했지만, 가족이 맹렬히 반대하는 바람에 기각되고, '치비'라는 무난한 이름이 지어졌다.

"어째서 콧물스케는 안 되는 거야?"

하고 반격했지만, 엄마가

"너 같으면 그런 이름 지어주면 좋겠냐?"

하는 이론으로 공격했다. 그래서 다른 사람은 동물에게 어떤 이름을 지어주는지 궁금해진 것이다.

포치, 다마 등, 이름만 들어도 어떤 동물인지 알 것 같은 고전적인 이름도 있지만, 사람 이름을 지어준 것도 비교적 많다. 텔레비전에서 본 동물원의 반달곰 이름은 아케미였다. 갓 태어난 새끼를 귀여워하는 자상한 엄마였다. 장난꾸러기 아기 코끼리는 나쓰코라고 했다. 그들의 몸짓을 보고 있으면 아케미도 나쓰코도 위화감이 없다. 아니, 사람 이름을 지어주어서 더 친근하게 느껴

질 정도였다.

엄마 친구 중에도 고양이한테 '시게루'나 '에이코'라는 이름을 지어주는 사람이 있었다. 그럭저럭 20년 전의 일이다. 아이가 없어서 이 두 마리를 친자식처럼 기르며,

"시게루, 에이코, 밥 먹어라."

하고 부르면 안에서 고양이가 천천히 나와 좌탁 앞에 놓인 방석에 얌전히 앉는다. 처음 그 모습을 본 사람은 어안이 벙벙해진다. 문패에도 이름이 있어서 곧잘 초등학생용 전집을 파는 영업사원이 찾아왔다.

"자녀분에게 이 책을."

하고 권하는 상대에게 그녀는,

"우리 애들은 학교 안 다녀요."

라고 하며 고양이를 가리키면 상대는,

"하아……."

하고 고개를 갸웃거리면서 물러난다고 한다. 당시에는 아직 개나 고양이에게 사람 이름을 붙이는 것이 흔하지 않아서 이웃에서도 그 부부는 괴짜 취급이었다고.

내 친구네 집 고양이는 '단'이라는 단순하고 귀여운

이름이지만, 여기에는 깊은 의미가 있다. 단은 국숫집 앞에 버려진 것을 퇴근길의 아버지가 발견하여 집에 데리고 왔다.

"얘는 내가 주워왔으니까 내가 이름 지을 거야."

아버지가 그렇게 말하니 친구도 어머니도 거기에 따랐다. 날씬하고 예쁜 암컷이어서 아버지는 '줄리엣'이라고 지었다. 어머니가,

"어머나, 의외로 로맨티스트구라."

라고 하니 수줍어하면서도 아버지는 줄리엣을 귀여워했다고 한다.

그런데 한 달쯤 지난 어느 날, 친구가 아무 생각 없이 줄리엣의 뒷모습을 보았더니 사타구니에 뭔가 달려 있었다. 이상하게 생각해서 한 번 더 자세히 확인한 결과 줄리엣은 남자라는 게 판명되었다.

"대체 어떻게 된 거예요."

친구는 아버지한테 따졌다. 그러자 아버지는,

"너는 왜 그런 걸 달고 있는 거야."

하고 줄리엣을 나무랐다. 그리고 한동안 투덜거리는

가 싶더니, 갑자기 단호히 선언했다.

"좋았어. 너는 짧고 작으니까 네 이름은 '단(短)'이다."

"……."

이 이름에 친구는 어이가 없어서 입만 뻥긋거렸다. 그 자리에 없었던 엄마가,

"왜 단인 거야?"

하고 천진난만하게 물어도 친구는,

"글쎄, 귀여운 이름이니까 뭐 됐잖아."

하고 얼버무릴 수밖에 없었다. 여기서 진실을 털어놓으면 또 한바탕 시끄러워질 게 뻔했다. 그 후 그 고양이는 이름의 유래를 아는 사람이나 모르는 사람에게나 '단'이라고 불리며 사랑받았다. 그러나 이름의 유래를 아는 나는 친구 집에 가면 확인차 '단'의 사타구니로 가는 시선을 자제할 수 없었다.

어린 시절, 이사가 잦았던 우리 집은 개나
고양이를 키우고 싶어도 선뜻 키울 수가 없었다. 길고양
이나 유기견을 한동안 맡아서 키운 적은 있지만, 역시
제대로 된 가족의 일원으로 생명체를 기르고 싶었다.
우리가 말을 걸면 거기에 반응해주었으면 했다. 그런 우
리 마음을 달래주는 생명체는 산책도 시킬 필요가 없
고 이웃에 민폐도 끼치지 않는 새밖에 없었다. 다른 동
물에 비해 쉽게 키울 수 있는 새는 우리 집에는 없어서

안 될 존재였다.

새장에 깨끗한 물과 모이와 잎을 갖다주면, 매일,

"삑삑."

하고 귀엽게 울어준다. 하품도 한다. 주인인 우리를 보면 홰를 걸어와서 응석도 부린다. 기쁠 때는 정말로 기쁜 얼굴을 하고, 불만이 있을 때는 휙 고개를 돌린다. 의외로 뻔뻔하다. 그런 작은 머릿속에도 여러 가지 감정이 들끓는구나 생각하니, 사랑스러운 반면 몹시 신기한 기분이 들었다.

집에서 키웠던 십자매, 문조, 앵무새는 모이에 아주 까다로웠다. 하루 한 번, 새장에서 나와 노는 것보다 모이 쪽이 더 기대가 되는 것 같았다.

이웃에는 A와 B 두 군데 펫숍이 있었다. 평소에는 A 가게에서 모이를 사는데, 그날은 마침 임시 휴업이어서 B 가게에서 모이를 샀다. 우리한테는 둘 다 똑같은 모이, 그냥 '새 모이'로 보이지만, 우리 새들은 그 두 군데 펫숍의 모이 차이를 확실하게 알고 있었다.

A의 모이는,

"기다렸습니다."

하듯이 달려들어서 먹는다. 그런데 B 쪽은,

"삑삑."

하고 기쁘게 날아와서 부리를 쿡 박아서 모이를 집자마자 기쁜 듯이 날아올랐던 꼬리에 힘이 없어지고,

"삑."

하고 울지도 않는다. 말없이 모이통을 떠나 홰에 앉은 채 우리를 향해 호소하는 눈길을 보낸다.

"기껏 사 왔는데. 안 먹냐."

하고 열심히 권해도 모이통에 가까이 가려고 하지 않는다.

"금방 사 온 거니까 먹어봐."

몇 번이나 설득해도 새들은 홰에 앉은 채 움직이려고 하지 않는다. 온몸으로,

'불만'

이라는 두 글자를 발산하고 있다. 그걸 보고 있던 엄마는 옆에서,

"배부른 소리 하지 마. 그것밖에 없으니까."

하고 야단쳤다. 그러면 새들은 모이통 가장자리에 앉아서 부리를 넣고 머리를 좌우로 흔들어 안에 든 모이를 마구 흩뜨려버린다.

"아이고……."

엄마는 깜짝 놀라서 새들의 히스테리를 바라보았다. 마치 자기가 먹고 싶은 반찬이 식탁에 없어서 식탁의 음식을 쏟아내버리는 철없는 아이 같았다. 황당해하는 우리를 무시하고 새들은 모이를 다 흩어놓고 홰로 돌아가서 "흥" 하고 고개를 돌렸다.

"삐, 치비."

하고 부르면 이쪽을 흘끗 보긴 하지만,

'당신들은 아무것도 몰라.'

하는 몸짓이다. 원했던 모이를 먹지 못하면 주인한테 엄청나게 차가운 태도를 취했다.

"배가 고프면 마음에 안 들어도 먹겠지."

엄마도 일일이 새의 비위를 맞춰줄 수 없다고 고집을 부렸다. 나와 동생은 가운데 끼어서,

"난감하네."

하고 한숨을 쉬었다.

그런데 엄마의 생각이 물렀다.

"배가 고프면 뭐든 먹을 거야."

하고 확신했지만 우리 새들은 주관이 확실한지 똥고 집인지, 하루가 지나도 이틀이 지나도,

'맛없는 모이는 절대 먹지 않겠어.'

하는 태도를 관철했다. 여전히 온몸으로,

'불만'

이라는 글자를 표현하고 있다. 물을 마시면서 차가운 눈으로 이쪽을 흘끗 본다. 그리고 파닥파닥 날갯짓을 하면서,

"삐익삐익."

시끄럽게 울어댔다.

"그것밖에 없다고."

를 연발하던 엄마였지만, 완고한 새들의 태도에 지고 말았다.

"하여간 너네한테 졌다, 졌어……."

중얼거리더니 그 밤에 A 가게까지 모이를 사러 갔다.

엄마가 모이를 사오자마자 새들은,

"삑삑삑."

하고 기쁠 때 내는 귀여운 소리로 재잘거렸다. 실물을 아직 보지도 않았으면서. 모이 봉지를 꺼내는 순간에도 귀여운 소리를 내면서 파닥거렸다. 기다리고 기다렸던 맛있는 사료를 얻은 순간, 머리를 모이 속에 처박고 허겁지겁 먹기 시작했다. 새장을 들여다보는 우리한테도 마구 애교를 뿌려댔다. 어제, 그제와 완전히 다른 태도였다.

"어느 쪽이 더 맛있는지 하나도 모르겠네."

엄마는 새 모이를 한 알씩 집어 먹어보고 몇 번이나 갸웃거렸다. 나와 동생은 아기작아기작 언제까지고 모이를 먹고 있는 새들을 바라보면서,

"이 녀석들한테도 미각이 있나."

하고 엄마와 마찬가지로 고개를 갸웃거렸다.

태풍이
지나간 후

올해는 태풍을 자주 만났다. 평소 여행을
가지 않는 내가 큰마음 먹고 늦은 여름휴가를 갔더니,
평소 행실이 벌을 받았는지 태풍과 함께한 기쁘지 않은
여행이 되었다. 25년 만에 친구가 사는 세도우치내해의
서점에 갔는데 페리호가 결항이 될 것 같다는 연락이
들어왔다. 그곳에서 황급히 일정을 취소하고 히로시마
로 돌아가서 마지막 날은 종일 호텔방에 틀어박혀 있었
다. 지방에서 태풍을 만나니 "태풍 진짜 무섭네"라는 생

각이 들었다. 돌아오는 신칸센에서는 지붕 빼고 전부 흙탕물에 잠긴 2층짜리 집과 갈기갈기 찢긴 듯한 나무를 보았다. 산의 나무들은 가로로 쓰러져 있어서, "어머, 큰일이구나" 하고 태평스럽게 중얼거릴 수 없을 정도로 처참한 상황이었다. 그러나 도쿄에 있으면 별로 그런 실감이 나지 않는다. 밤에 자는 동안 지나가면 그다지 피해가 없기 때문이다.

어릴 때는 태풍이 오면 라디오와 손전등, 양초를 준비하고 덧문을 닫은 뒤 꼼짝 않고 있었다. 나는 세 들어 사는 낡은 집이 눈 깜짝할 사이에 날아가는 게 아닐까 걱정돼서 견딜 수 없었다. 너무 걱정돼서 집에서 키우던 문조인 피코 옆에 가서,

"걱정하지 않아도 돼."

하고 말하기도 했다. 그렇게 말하고 나면 내 마음이 조금 편해질 것 같았다. 피코는 원래 걱정 따위 없었다는 듯, 횃에 앉아서 눈만 껌벅거리며 흔들흔들 그네를 탔다. 마당에서 개를 키우는 아이들은 태풍이 오면 바둑이나 존을 현관에 들였다. 그중에는 거실에 신문지를

깔고 개를 들여놓는 아이도 있었다. 개는 기뻐서 꼬리를 흔들면서도 눈은 두리번두리번 안정을 찾지 못했다.

엄청난 비와 바람이 계속돼서,

"우리 집 지붕 날아가지 않을까."

하고 이불 속에 들어가서도 한동안 두근두근거렸다. 휘잉휘잉 부는 바람 소리나 평소 들은 적 없는 빗소리가 들릴 때마다 이불 속으로 파고 들어갔다. 그런데 어느샌가 잠이 들고 눈을 뜨면 다음 날 아침에는 파란 하늘이 펼쳐졌다. 학교 가는 길에는 시궁창에서 흘러넘친 정체 모를 똥물 같은 것이 심한 악취를 뿜어서,

"아악, 냄새, 냄새."

하고 소리치면서 코를 쥐고 뛰어갔다. 동급생 집의 함석지붕이 날아가서 친구 아버지가 팔짱을 낀 채 올려다보고 있을 때도 있었다. 창고가 망가지기도 하고 연못이 넘쳐나서 잉어나 금붕어가 어딘가로 떠내려간 집도 있었다. 그런 광경을 보면서 낡은 우리 집이 건재한 것은 기적이라고 생각했다.

학교에 가면 반에 몇 명은 수재민이 있었다. 지대가

낮은 곳에 살아서 방 안까지 침수 피해를 당해, 교과서와 학용품이 몽땅 물에 잠겨버렸다. 초등학생에게 소중한 것을 전부 잃은 것이다. 그 아이들은 텅 빈 책가방을 메고 우울한 눈으로 학교에 왔다. 비바람 소리를 듣기만 해도 그렇게 불안했는데 자기 집에 물이 계속 들어오면 당연히 우울한 얼굴이 되겠지 생각했다. 그 아이들은 새 교과서가 나올 때까지 옆자리 아이 것을 같이 보아야 했다.

"옷도 전부 못 입게 됐어."

라고 해서 다들 모아준 적도 있었다. 불쌍하다고 생각한 반면, 나는 이렇게 되지 않아서 다행이라고 내심 안도했다. 태풍은 도쿄 아이들에게도 당시에는 무서운 것이었다.

내가 여행지에서 태풍을 만난 지 일주일 뒤, 또 태풍이 왔다. 외출했던 나는 돌아오는 길에 우리 집 근처에서 엄청난 비를 만났다. 마치 물 커튼 같았다. 아랫도리가 물에 다 잠긴 내가 빠른 걸음으로 돌아가고 있는데, 도로 끝에 조그마한 것이 오도카니 있었다. 뭔가 하고 옆에 가보니 참새였다. 참새는 내가 다가가도 도망가려고 하지 않았다. 어쩐 일인가 하고 구부리고 앉아서 보니 가엾게도 참새는 선 채로 죽어 있었다. 너무 세찬 비여서 보는 것만으로 쇼크사를 했는지 아니면 비를 잘못 맞았는지 정확하지는 않지만, 참새는 하늘을 향한 채 딱딱하게 굳어 있었다.

"아아, 운이 나빴구나."

그렇게 씩씩한 참새가 큰비에 죽다니 너무 가여웠다.

"어쩌면 죽은 것처럼 보이지만 가사 상태일지도 모르고, 그렇다면 나중에 정신을 차릴 가능성도 있잖아."

생각하면서 걸어갔더니 이번에는 내 눈앞으로 15센티미터 정도의 검은 물체가 몇 개나 지나갔다.

"뭐지, 이건?"

하고 다가가서 보니 세상에 그것은 두꺼비였다. 비를 맞는 것도 개의치 않고 열 마리 정도가 길을 건너갔다. 폴짝폴짝 뛸 만큼 건강한 건 아니고, 땅바닥을 쭈룩쭈룩 미끄러져간다고 하는 편이 좋을 것 같은 모습이었다.

두꺼비들은 비가 와서 당황했다기보다 비가 내려서

기뻐서 나온 것 같은 느낌이었다. 일반 도로 위로 두꺼비가 몇 마리씩 건너가는 광경은 정말 굉장했다. 공포영화의 한 장면 같기도 했다. 이런 조용한 주택지 어디에 이만큼의 두꺼비가 숨어 있었는지, 고개를 갸웃거릴 정도였다. 그러나 근처에는 커다란 못도 없고, 도로를 건너도 집들만 서 있을 뿐이다. 비를 맞으면서 마당에서 마당으로 이동하는 두꺼비의 심리는 도통 이해할 수 없었다.

심야에 태풍은 더 거칠어졌다가 다음 날은 맑게 갰다. 그날도 외출할 예정이어서 어제와 같은 길을 역을 향해 걸어갔다. 그랬더니 도로에는 엄청난 수의 두꺼비 사체가 뒹굴고 있었다. 까마귀가 신나 하며 그것을 뜯고 있어서 아이들이나 여학생들이 그 모습을 보고 패닉에 빠졌다. 도쿄 사람들에게는 그다지 영향이 없는 태풍이지만, 도시의 동물들에게는 아직도 고통스러운 시련의 장이겠구나, 하는 걸 절실하게 느꼈다.

사람을 만나면 왠지 끌리는 사람이 있고, 까닭 없이 싫은 사람이 있다. 이것은 사람 특유의 느낌이라고 생각했다. 그런데 동물을 키워보니 그들끼리도 끌리는 놈과 끌리지 않는 놈이 있는 것 같아서 놀란 적이 있다. 우리 암고양이 토라에게도 제대로 취향이 있었다. 발정기에 집 밖에서,

"으냐옹, 으냐옹."

하고 수고양이 부르는 소리가 들린다. 그러면,

"뇨옹."

하고 짧고 퉁명스럽게 대답만 하고 모르는 척할 때와,

"냐아앙."

하고 아주 귀엽게 대답하며 얼른 밖으로 나갈 때가 있다. 나와 엄마와 동생은 토라의 대답이 다른 것은 대체 무슨 차이일까 하고 커튼 뒤에서 살짝 내다보았다.

쌀쌀맞게 대한 것은 몸이 엄청나게 크고 얼굴이 못생기고 목소리가 나쁜, 우리 집에서 '부요'라고 부르는 고양이였다. 통통하면 그나마 귀여울 텐데 뚱뚱하게 살이 쪘다. 성격이라도 좋으면 괜찮을 텐데 사람한테 괴롭힘만 당했는지 삐뚤어졌다. 엄마가 갱생시키려고,

"부요, 이리 오렴."

하고 몇 번이나 말을 걸어도 휙 도망가버렸다. 배가 부른가 보다 하고 있으면 우리 몰래 식탁에 놓인 생선을 물고 가버린다. 그걸 봤는지는 잘 모르겠지만, 토라는 부요를 아주 싫어했다. 발정기 고양이라고 닥치는 대로 좋아하는 건 아닌지 토라는 부요가 아무리,

"놀자옹 놀자옹."

하고 달달한 소리로 불러도,

"흥."

하고 고개를 쌩 돌렸다. 한편,

"냐앙."

하고 귀여운 목소리로 대답한 상대는 이웃에서도 유명한 미남 고양이였다.

그 고양이는 수컷이지만 스타일이 좋아서 우리 집에서는 코마네치라고 불렀다. 흰색과 검은색이 섞인 잘 빠진 얼룩 고양이다. 얼굴도 야무지게 생기고 어딘지 모르게 귀티가 났다. 촌스러운 부요와 도련님 분위기의 코마네치는 노골적으로 정반대 스타일이었다. 토라는 도련님 분위기의 코마네치를 선택했다.

토라가 쌀쌀맞게 대해도 부요는 뜨겁게,

"놀자옹 놀자옹."

하고 계속 불러댔다. 너무나 끈질겨서 토라가 짜증내며 내 뒤에 숨은 적도 있었다.

"토라는 네가 싫다잖아. 그러니까 포기해."

"그래, 그만 끝내."

엄마하고 동생은 뚱한 얼굴의 부요에게 알아듣게 타일렀다. 토라는,

"뒤처리 좀 부탁해용."

하듯이 내 뒤에서 조그맣게 웅크리고 있었다. 설득을 했음에도 부요는 여전히 따라다녔다.

"대체 어쩌려는 걸까."

우리는 흥미진진하게 고양이의 삼각관계를 지켜보았다. 그러나 토라가 코마네치의 새끼를 낳은 직후 부요가 그 새끼를 죽여버리고 그 후로 부요는 모습을 감춰버렸다.

내 친구는 로스앤젤레스 교외에 살 때, 찰리라는 중성화한 하얀 고양이를 키웠다. 지역 신문에서 '새끼 고양이 분양합니다' 하는 광고를 보고 자전거를 타고 가서 데리고 와 '찰리'라는 이름을 지어주었다. 주위가 온통 초록으로 둘러싸인 곳이어서 찰리는 낮에는 밖에 나가 놀았다. 그러나 낮에는 평온해도 밤이 되면 코요테가 나와 곧잘 고양이를 습격할 때가 있어서 그녀는 저녁 무렵이 되면 큰 소리로 "찰리!" 하고 불러서 코요테

의 먹이가 되지 않도록 조심했다.

어느 날, 평소와 마찬가지로 찰리를 부르자, 풀숲에서 천천히 나왔다. 그리고 뒤에서 빨간 목줄을 한 한 마리의 고등어 무늬 고양이가 따라왔다. 이대로 내버려둘 수 없어서 그녀는 그 고양이도 같이 집으로 데리고 돌아왔다. 다음 날 아침,

'밤에는 코요테가 나오니까 밖에 내보내지 않는 게 좋습니다.'

라고 쪽지를 써서 고등어 무늬 고양이의 빨간 목줄에 끼워서 집으로 돌려보냈다.

다음 날 아침, 현관문을 여니 거기에는 어제 그 고등어 무늬 고양이가 앉아 있었다. 그 모습을 본 찰리는 달려 나가서 얼굴을 비비며,

"그르르릉."

하고 소리를 냈다. 그 고양이도 기쁜 듯이 그르르릉 대답했다. 고등어 무늬 고양이 목줄에는 쪽지가 꽂혀 있었다. 그것은 집사의 것으로 어제 쪽지에 대한 답례와 고양이는 중성화를 했으며 이름은 '에피'라는 내용이

었다. 에피는 매일 찰리를 찾아왔다. 그리고 두 마리는 나란히 밖으로 놀러 나갔다. 그러다 저녁녘이 되면 사이좋게 돌아오는 것이 습관이 되었다.

반년쯤 지나서 친구는 일본으로 돌아가야 했다. 에피의 주인에게는 빨간 목줄에 쪽지를 써서 전했다.

'찰리와 함께 일본으로 돌아가게 되어서 이제 에피와 놀 수 없게 되었습니다.'

연락하고, 그녀가 떠난 뒤에 이사 오는 친구에게도 빨간 목줄을 한 고등어 무늬 고양이가 오면 잘 부탁한다고 전하고 일본으로 돌아왔다.

그 후, 로스앤젤레스의 친구에게 전화로 에피가 매일 현관 앞에 앉아서 찰리를 기다린다는 얘기를 들었다.

"찰리는 일본에 돌아갔어."

라고 해도 매일, 매일 찾아온단다. 결국 한 달쯤 계속 다니며 찰리가 집에서 나오기를 기다렸다고 한다. '만남은 이별의 시작'이라고 하지만 고양이 세계에도 나름대로 슬픈 이별이 있었다.

견도적배려

나는 동물을 좋아하지만, 가끔,

"이놈!"

하고 소리치고 싶을 때가 있다. 동물이란 영리한 듯하면서 좀 멍청한 면이 귀엽다. 사람처럼 악랄하지 않은 면이 좋다. 그런데 며칠 전 악랄한 개를 만났다. 만났다고 해도 모습을 본 건 아니다. 소리만 들었지만, 지금까지 동물에게 이렇게 화가 난 적이 없을 만큼 분노가 치솟았다.

저녁 7시쯤, 나는 집에 가느라 주택가를 걷고 있었다. 마침 늘 지나다니는 길이 공사 중이어서 조금 돌아가게 되었다. 차 한 대가 간신히 지나갈 수 있는 좁은 길을 걷고 있는데, 작은 공터 옆에 목조 집이 있었다. 그리고 그 앞을 지나가는 순간,

"멍멍멍멍멍멍!"

하고 개가 엄청나게 짖어댔다. 소리가 무진장 컸다. 나는 엉겹결에,

"아악."

비명을 지르며 마치 아카쓰카 후지오의 만화처럼 땅에서 60센티미터쯤 펄쩍 뛰어올랐다.

"<u>으르르르르릉</u>."

개의 거친 숨소리가 들렸다.

"<u>우우우우우</u>."

언제까지 신음하고 있다. 소리가 너무 커서 귀가 얼얼했다.

개의 신음을 들으면서 나는,

"버릇이 나쁜 녀석이네."

하고 화를 냈다.

개가 나한테 짖은 적은 여러 번 있다. 주인한테 충실한 개는 수상한 사람을 보면 꼭 짖는다. 그건 어쩔 수 없다. 그런 개는 수상한 인물의 기척을 느끼면 먼저,

"우우."

하고 낮게 신음한다.

"혹시 우리 집에 온 거면 짖을 거다."

하는 게 아닐까 생각한다. 그래서 나도 어떤 어둠 속에서도,

"개가 있구나."

하는 걸 안다. 나를 향해 짖어도 마음의 준비가 되어 있는 것이다. 그러나 그 개는 달랐다. 다가가도,

"우우."

의 ㅇ 소리도 내지 않았다. 콧김조차 들리지 않았다. 개집이 있다면 몰라도 그 집은 벽돌 담 안에 닭장 같은 것을 넣고 거기다 개를 키우고 있었다. 벽돌담 사이에 녹색 담장이 있네, 라고 생각하긴 했지만, 설마 거기에 개까지 있는 줄은 몰랐다. 그런 곳에서 갑자기 엄청

난 소리로 개가 짖으면 누구라도 나처럼 반사적으로 펄쩍 뛰어오를 것이다. 오줌을 지릴 것 같다는 표현은 바로 이럴 때 쓰는 말이리라.

이것은 밤길에 묻지 마 괴한과 마찬가지 아닌가.

"더 가까이 오면 짖을 거야."

하는 인간에 대한 견도적 배려가 부족하다.

"이 인간은 모르는 인간이군."

하고 생각한 순간에 버럭 몸이 달아오른 걸까. 고혈압인 개였을지도 모르지만, 집 지키는 개로는 최고여도 그런 식으로는 도둑 한 명 잡기 전에 일반인 1,000명에게 오줌을 지리게 만들 것이다.

"그렇게 사람을 속이는 성격으로는 누구한테도 예쁨받지 못할걸."

나는 너무 놀라서 달달달 떨며 집으로 돌아왔다.

다음 날, 늘 익숙한 길을 걸어가는데 개 한 마리가 문 앞에 묶여서 멍하니 있었다. 그 개는 대문이 있는 집 맞은편 개다. 줄이 풀려서 잠깐 산책을 다녀오려 했는데, 맞은편 문에 줄이 걸린 것 같았다. 집에는 인기척이 없었다. 개한테는 엉킨 줄을 풀 지혜는 없는지 난감한 얼굴로 킁킁하고 엉킨 줄 냄새를 맡고 있을 뿐이었다. 나는 그 개한테는 언제나 "안녕" 하고 인사를 했다. 마침 문 안쪽에 개집이 있어서 항상 그곳으로 얼굴을 내밀고 있었다. 그러나 소극적인 성격인지 나를 가만히 보기만 할 뿐, 딱히 아는 척을 하는 일은 없었다.

"어쩔 수 없지."

하고 나는 너그럽게 받아들였다. 그러나 아무리 인사가 일방통행이라고 해도 이번에는 잠자코 지나칠 수가 없다. 주인이 알아차릴 때까지 이 개는 이대로 줄곧 문에 줄이 걸린 채 있어야 한다.

나는,

"큰일이네."

하면서 개한테 다가갔다. 개는 경계하는 빛도 없이 꼼짝 않고 있었다. 그러나 아직 꼬리는 축 늘어뜨린 채로다. 나는 몸을 구부려서 문에 엉킨 줄을 풀었다. 개는 내 손이 움직이는 걸 바라보았다.

"자, 이제 됐다."

개는 줄을 질질 끌고 맞은편 자기 집으로 돌아갔다.

또 그다음 날, 역 앞에 장을 보러 가느라 어제와 같은 길을 걸었다. 문에 줄이 엉켜 있었던 개의 집이 가까워졌다. 문 앞에서 개가 뒹굴거리고 있었다.

"오, 괜찮니?"

언제나처럼 말을 걸었다. 그러자 지금까지 아무 반응도 없던 개가 내 얼굴을 올려다보며 꼬리를 파닥파닥 흔드는 게 아닌가. 마치,

"어제는 고마웠어요."

하는 것 같았다.

"그래. 기억해주었구나."

나는 괜히 기뻐서 뺨이 흐물흐물 녹아내렸다.

'정말 착한 녀석이네.'

거기에 비하면 그 어둠 속 칼잡이 근성의 나쁜 녀석. 성격이 좋은 개를 데리고 가서 손톱 때라도 먹이고 싶은 나였다.

지
진
이

나

면

　　　대지진이 일어날 거라는 말이 있은 지 꽤
됐지만, 사람은 물론 동물에게 지진은 어떤 것일까 생각
한 적이 있다. 이를테면 주인집 개는 3도 정도의 지진이
있으면 꼭,

　"멍머엉."

　하고 작은 소리로 불안하게 몇 번이나 짖는다. 마치,

　"이상해, 무서워."

　하는 것 같다. 그러면 이웃 개들에게 잇따라 그게 전

염되어 불안해하는 "멍머엉"의 대합창이 시작되고 그것은 지진이 잠잠해질 때까지, 끝없이 이어진다. 발밑이 흔들리면 수상한 인물이 나타날 때 과감하게 짖던 개도 불안해지는 것 같다.

집에서 키우던 앵무새 피코는 지진이 오면 난리법석이었다. 그전에 키웠던 문조 치비는 지진이 오면 2, 3초 전에 날카로운 소리로 울고, 파닥파닥 날갯짓을 했다.

"왜 그래?"

하고 일어서는 순간 휘청한 게 한두 번이 아니었다. 일주일 전에 그런다면 지진 예지 능력이 있는 문조로 세상에 도움이 될 텐데, 겨우 2, 3초 전이라는 것이 좀 한심하다. 그러나 2, 3초 전이어도 지진을 감지한 치비는 우리 집에서는,

"똑똑한 녀석."

이라는 평가를 받았다.

피코는 지진이 오면 바구니를 안아줄 때까지, 그저,

"피코, 피코."

하고 자기 이름을 연호한다. 말을 어설프게 배워서 어

찌나 시끄러운지. 사람은 가스를 잠그거나 여러 가지 점검할 일이 있어서,

"알았어, 알았어, 곧 갈게."

하면서 계속 뒤로 미루게 된다. 그러면 피코는 정말로 한심하고 불쌍한 목소리로,

"피-코."

하고 중얼거리며 홰에서 고개를 푹 숙였다.

"아, 또 슬퍼졌네."

우리는 그러고 나면 30분 이상 피코의 비위를 맞춰야 했다.

동거하는 고양이 가족 총 열세 마리는 지진이 와도 카펫에서 아무 생각 없이 뒹군다. 그건 우리가 지진이 와도 모르는 척하고 있을 때로 진도 4 정도일 때,

"가스 불 꺼."

"욕실은 어때?"

"문하고 창문 열어."

하고 소란을 떨고 있으면 고양이들도 초조해했다. 처음에는 우왕좌왕하는 우리를 신기한 듯한 얼굴로 올려

다본다. 그런데 그들도,

"어째 좀 큰일이 일어난 것 같다."

하고 느꼈는지, 야옹야옹 울면서 우리 뒤를 총총 따라다닌다.

"어이, 우물쭈물하고 있으면 큰일 나. 집이 무너지면 너희들도 납작하게 눌릴 거라고."

엄마가 그렇게 말하자 고양이들은 눈을 동그랗게 뜨고 좀 전까지 자던 곳에 모인다. 그리고 점검을 마치고,

"꽤 흔들리네."

하고 전등을 올려다보는 우리 주위를 열세 마리가 냐옹냐옹거리면서 한 무리가 되어 빙글빙글 돌았다.

"괜찮으니까, 진정해, 진정해."

그렇게 말하지 않으면 언제까지고 흥분이 가라앉지 않아서 필사적으로 눈을 부릅뜬다. 아무리 멍하니 누워 있다 해도 집사가 당황하면 자기들도 불안해지는 것 같다.

"우리는 어떻게 되는 걸까."

하는 마음에 집 안을 빙글빙글 돌아다니는 행동을

하는지도 모른다. 엄마는 그런 고양이 가족을 보면서,

"무슨 일 생기면 너희들은 도움이 안 되겠다."

하고 한숨을 쉬었다. 고양이가 물건이라도 들 줄 안다면 열세 마리가 있으니 열세 개를 들고 나를 수 있다. 뒷발로 서서 걸을 수 있다면 입과 앞발로 한 마리당 두 개씩 들 수 있다. 평소에,

"너는 음식, 너는 물."

하고 각자 분담을 시켜서 지진이 일어나면 얼른 그 물건을 물려서 밖으로 도망치도록 교육을 시키면 좋을 텐데.

"비가 오는 걸 가르치기보다 이쪽을 집중적으로 가르칠걸."

후회했다. 그러잖아도 지진 때 대피하기 힘들다. 우리는 지진이 와도 키우는 동물들을 데리고 나가는 것만으로 벅차서 필요한 물건은 갖고 나갈 수 없을 것이다.

"한심하네."

동생도 한숨을 쉬었다. 우리 머릿속에는 피난 장소인 초등학교 체육관에 도착한 우리의 모습이 떠올랐다. 주

위 사람들은 두건을 쓰고 등에는 건빵이나 음료수를 넣은 배낭을 메고 있다. 피난에 필요한 것을 만반의 준비를 하여 갖추고 있다. 그런데 우리는 고양이 열세 마리, 생쥐 스물네 마리, 모르모트, 사랑앵무를 데리고 가는 피난이다. 다른 사람들은 갓 만든 주먹밥이 올 때까지 건빵으로 때우지만, 우리에게는 아무것도 없다. 식용은 되지 않는 고양이와 쥐와 모르모트를 데리고 주먹밥이 올 때까지 허기를 견뎌야 한다. 그보다 먼저 아이들의 사료를 어떻게든 해야 한다. 이건 너무 불쌍하지 않은가.

"대지진이 오면 어떡하지."

우리는 키우는 동물들을 보면서 겁먹고 있었지만, 대지진은 오지 않은 채 동물들은 저세상으로 가버렸다. 지금은 우리만 도망치면 되니까 훨씬 마음이 편해졌다. 엄마는 집 안에 동물이 없으니 허전하다고 또 키우고 싶다고 한다.

"한 마리 키우면 또 한 마리. 그렇게 되면 끝, 두 마리 이상은 다 마찬가지야."

그러면 또 대가족이 될 게 뻔하다. 대지진이 오면 피난 때 상상한 대로의 전개가 될 게 뻔해서 나와 동생은,

"관두는 게 좋지 않을까."

하고 필사적으로 브레이크를 걸었다.

마법을 거는 고양이

　　고양이를 좋아하는 사람과 얘기하다 보면
반드시라고 해도 좋을 만큼,
　"전에는 고양이 싫어했어요."
　라고 한다. 나도 싫어하는 편이었다. 어릴 때 새를 키
웠는데, 호시탐탐 툇마루의 새장을 노리는 고양이를 미
워한 적이 있었다. 발소리도 내지 않고 갑자기 습격해
서 작은 새를 물고 도망친다. 고양이 모습이 마당 한 구
석에 나타나면 몇 번이나 쫓아낸 적이 있었다. 고양이는

교활하고 대책 없는 동물이라고 생각했다.

그런데 고양이는 원래 우리가 동물 좋아한다는 걸 간파했는지 저녁때가 되면 쪽문에 오도카니 앉아서 먹이를 주길 기다렸다. 엄마가 화를 내며,

"요전에 치비 데려간 거 너 아냐? 그런 짓을 하는 녀석한테는 밥을 줄 수 없어!"

하고 뭐라 그랬다.

"맞아, 맞아."

다들 모르는 척하고 밥을 먹고 있어도 고양이는 꼼짝 않고 그대로 기다렸다. 곁눈으로 슬쩍 상태를 살피면서 마치,

"정말 미안했습니다."

하고 사과하는 것처럼 보인다. 축 늘어진 자세라면,

"미워서라도 밥 안 줄 거야."

라고 생각하겠지만, 마치 장식물처럼 언제까지고 반듯하게 앉아 있으니, 아무래도 보기 불편하다. 기껏 상대가 반성하는데 심술을 부리는 기분이 드는 것이다.

우리는 밥을 먹으면서 머릿속으로 쪽문에 앉아 있는

고양이의 심리 상태를 이리저리 추측했다.

"우리 집에 오면 당연히 야단맞을 걸 알 텐데 그래도 왔잖아. 어지간히 배짱이 두둑한 놈이네. 치비를 낚아채 간 것은 분하지만, 이 고양이가 배를 굶주리는 것도 좀 그렇고……."

슬쩍 고양이 쪽을 보니 여전히 반듯하게 앉아 있다.

'불쌍하네.'

이런 생각이 들면 게임 끝, 우리는 자기 반찬을 조금씩 갹출해서 고양이에게 줄 수밖에 없다.

그리고 결국은,

"앞으로 밥 줄 테니 새는 잡아먹지 마."

하는 약속을 하게 되었다.

고양이가 밥을 맛있게 먹어주니 어찌된 건지 미움이 차츰 사라졌다.

"내가 준 걸 먹었어."

라는 사실은 정말 기뻤다.

"어쩌면 고양이는 좋은 동물인지도 몰라."

이렇게 되어서 나는 고양이를 좋아하는 쪽으로 바뀌

었다.

얼마 전, 친구와 개하고 고양이하고 어느 쪽이 훌륭한가 하는 얘기를 나누었다. 두 사람 다 고양이 쪽을 좋아해서 개한테는 미안하지만, 역시 고양이 쪽이 훌륭하다는 결론에 이르렀다. 개를 싫어했던 사람이 갑자기 개를 좋아하게 되었다는 얘기는 별로 듣지 못했다. 그러나 고양이를 싫어하는 사람이 고양이를 좋아하게 되었다는 얘기는 흔히 듣는다. 고양이는 개처럼 꼬리를 흔들지 않고, 애교도 없다. 눈매는 매섭고 발톱으로 할퀴고, 울음소리도 음산하다고 고양이를 싫어하는 사람들은 말한다.

"무슨 생각을 하는지 모르겠어."

나도 고양이를 키우기 전에는 같은 생각을 했다. 그러나 키워보니 고양이는 상상 이상으로 귀여운 동물이었다. 집사에게는 발톱을 세우는 일이 없고, 나름대로 한껏 애교를 부린다. 자기 멋대로여서 집사가 놀고 싶어해도 "흥" 하고 무시할 때가 있다. 솔직히 말해서 "빌어먹을!" 하고 화를 낸 적은 있지만, 그건 그것대로 용서가 된다.

고양이한테 익숙해지면 왠지 개가 불쌍해질 때가 있다. 열심히 꼬리를 흔드는 걸 보면,

"어째서 저렇게 인간한테 아첨하며 사는 거지."

가엾어진다.

도둑이 오면 짖어서 쫓아내는 능력은 있지만, 뇌 구조가 단순하다는 것은 부정할 수 없다.

"그건 아니죠."

어떤 사람이 '고양이 쪽이 훌륭하다 설'에 반론했다. 자기네 개는 사람에게 아첨하지 않는다고 한다. 그 개는 2대째로 선대는 개의 거울이라고 할 만큼 훌륭한 성품이었다고 한다. 아침에 출근하려고 하면 아무리 춥고 아무리 더운 날에도, 비가 오고 바람이 부는 날에도 개집에서 총총총 뛰어나와서,

"조심히 다녀오세요."

하듯이 반듯하게 앉는다. 그리고 주인의 모습이 보이지 않을 때까지 지그시 지켜본다고 한다. 그런데 2대째는 그 피를 이어받은 아들인데 전혀 닮지 않았다. 화창한 날은 일단 인사하러 나온다. 그러나 비가 오거나 하

면 개집에 꼼짝 않고 앉아 있다. 겨울이면 먹이를 먹는 모습 말고는 본 적이 없다고 한다.

출근할 때 개집을 향해,

"다녀오마."

하고 말을 걸어본 적이 있었다. 그러나 개는 나오지 않았다. 한 번 더,

"다녀올게."

라고 해보았다. 그래도 나오지 않았다. 화가 난 그가 개집 앞에 버티고 서서,

"나간다고."

하고 소리쳐보았다.

그러자 개집 안에 웅크리고 있던 개가 귀찮다는 듯이 머리를 들고 그대로의 자세로 꼬리를 두세 번 좌우로 흔들었다. 그리고 다시 자버리더란다.

"개라고 사람한테 아첨만 하는 건 아닙니다."

개를 좋아하는 그는 필사적으로 개를 변호했다. 그러나 그런 개를 보고 개를 싫어하지만 개를 좋아하게 될까. 자기 편한 것만 생각하는 그 개도 꽤 재미있는 캐릭

터지만, 싫어하는 사람을 좋아하게 만드는 신기한 힘이
있는 고양이 쪽이 역시 훌륭하다고 생각한다.

앞에서 내가 멋대로 부타오라고 이름 붙인 고양이 이야기를 썼는데, 그 뒷얘기이다. 부타오의 주인은 우아한 분위기의 사람이다. 보통 아주머니들은 나갈 때는 몰라도 집에 있을 때는 말도 안 되는 차림을 하고 있다. 감색과 갈색 꽃무늬 셔츠에 노란색과 빨간색 줄무늬 조끼를 입고 아래에는 아들이 버리려던 감색 저지를 입고 있기도 한다. 그러나 부타오 주인인 부인은 집 앞 청소할 때조차 힐을 신고 있는 사람이다. 그럴 때

부타오는 으뇨옹으뇨옹 하고 발밑에 칭칭 감기며 애교를 부린다. 내게는 저 땅속에서 간신히 올라오는 듯한 소리로 대답하는 주제에 그녀한테는 잘도 그런 소리를 낸다. 기가 막히다.

애교를 부리니 부인은 빗자루를 든 채,

"이런, 그렇게 애교를 부리다니. 찰리도 참. 호호호."

라고 한다. 나처럼 한 손을 들고,

"어이, 부타오. 잘 지냈냐?"

하고 말을 거는 것과는 완전 딴판이다. 부타오는 우아한 여성을 좋아하고 나같이 거친 여자는 싫어할지도 모른다. 그러나 평소 접할 일이 적은 유형이어서 호기심은 있는지 나를 발견하면,

"이상한 인간."

이라고 생각하면서 멍하니 보고 있었다. 상류 계층에서 자란 어린이가 야만인을 보고 무섭지만 호기심을 갖는 것과 마찬가지다. 나는 부타오와 사이좋게 지내고 싶다고 늘 생각했지만, 왠지 모르게 그 녀석이 나와는 선을 긋고 싶어 하는 몸짓을 보여서 녀석의 의사를 존중

하여 끈질기게 쫓아다니는 짓은 그만두었다.

한 달쯤 전에 부타오네 집 대문 아래쪽에 그물이 쳐져 있었다.

"우리 찰리가 요즘 나이를 먹었나. 단발머리 이상한 여자한테 말을 걸더라고요. 그래서 위험하니 밖에 나가지 못하도록 하려고요."

우아한 부인이 그렇게 남편에게 말하고, 그물을 쳤을 가능성도 있다. 부타오와 나는 다른 고양이만큼 친밀한 관계는 아니었지만, 상대가 나에게 흥미를 갖고 있는 건 알았다. 그러지 않다면 아무리 땅이 울리는 것 같은 소리라 해도 나를 향해 말을 걸지 않을 테니까.

"나는 고양이를 만나는 것조차도 허락되지 않는구나."

앞으로는 대문 너머로 만나야 하는가 생각하니 좀 슬퍼졌다.

그 후로 그 대문 앞을 지날 때마다,

"부타오는 있을까."

하고 곁눈으로 찾기도 했지만, 그 모습은 보이지 않았다.

"밖에 나가면 위험한 사람이 있으니까 찰리는 집 안

에 있으렴."

하고 주인이 타일렀을지도 모른다. 부타오는 그 부인이 하는 말이라면, 흐눙흐눙 하면서 뭐든 다 들을 것 같다. 근처를 걷다 보니 핑크 목줄을 한 아메리칸 쇼트헤어인 치비가 달려왔다. 뒤뚱뒤뚱 살찐 귀여운 녀석이다. 언제나처럼 머리를 쓰다듬어주자 만족스러운 듯이 자기 집으로 돌아갔다.

"부타오는 어떻게 지내고 있을까."

만나도 치비만큼 교류가 있는 건 아니지만, 왠지 궁금했다.

"혹시 몸이 안 좋은 건 아닐까."

건강해 보이는 부타오의 커다란 얼굴을 떠올리면서 나는 그물이 쳐진 대문을 바라보았다.

그런데 바로 최근, 부타오가 멍하니 문 앞에 앉아 있었다.

"부타오, 잘 있었어?"

그물 너머의 재회였다. 부타오는 흐냥흐냥 하고 내 얼굴을 올려다보면서 뭐라고 말한다. 이것은 아주 신기한 일이다.

"왜 그래?"

이번에는 고개를 옆으로 돌리고 흐냥흐냥 하고 울었다. 그러자 정원 그늘에서 새하얗고 예쁜 고양이가 스윽 모습을 나타내더니 부타오 옆에 기대는 게 아닌가.

"네 색시니?"

아내 쪽은 나와는 초면이어서 어딘지 모르게 나를 경계했지만, 아내를 얻은 부타오는 남자로서 자신감이 생겼는지 커다란 얼굴을 들고 당당함을 뽐냈다.

곧잘 남녀는 서로에게 없는 것을 찾는다고 하지만, 고양이도 그렇구나 하는 걸 절감했다.

부타오가 고른 아내는 자신과는 달리 정말로 예쁘게 생긴 고양이였다. 몸짓에서 품위가 풍겨났다. 부타오가 또 흐냥흐냥 울자 이번에는 흰색 바탕에 얼룩무늬의 새끼 고양이 두 마리가 정원의 나무 뒤에서 달려 나왔다. 그 얼룩이들도 고등어 무늬인 부타오의 털을 구름 모양으로 도려내서 흰 바탕에 갖다 붙인 것 같아서 두 마리가 새끼라는 것은 한눈에 알 수 있었다. 지금까지 모습을 보이지 않는 동안, 부타오는 일가의 가장이 되어 있었다.

그저 놀라기만 하고 있는 내 눈앞에서 귀여운 새끼들은 서로 장난치고, 아름다운 아내는 눈을 내리뜨고 얌전히 앉아 있었다. 부타오는,

"어떠냐, 대단하지."

하듯이 거만한 태도였다. 그렇게 생각해서인지 앞발에도 힘이 넘치는 것 같다.

"일부러 소개해주었구나. 고맙다."

부타오는 언제까지고 으스댔다.

예전에 귤상자 침대 속에서 사타구니를 활짝 벌리고 입을 반쯤 벌리고 있던 부타오가 지금은 가장이 되었다. 밖을 돌아다니는 모습을 본 적이 없다. 그는 언제나 문 안쪽에서 새끼 고양이와 아내와 함께 있다. 에너지가 넘치는 새끼 고양이들이 등 위에서 날아다니고 차고 다녀도 화내는 법 없이 가만히 참아준다. 꼬리를 흔들어 같이 장난쳐주기도 했다. 그리고 미인인 아내는 한 걸음 물러나서 그 모습을 바라본다.

"부타오도 행복해져서 다행이야."

그렇지만 부타오가 어떻게 그 미인을 아내로 삼았는지 궁금해 죽을 것 같았다.

사
진

자
랑

우리 집에서 기르던 동물 얘기를 쓰면,

"고양이 토라 사진은 없어요?"

하고 묻는 일이 종종 있다.

"사진은 찍지 않아서요."

라고 하면 신기하다는 얼굴을 할 때가 많다.

"동물을 키우는 사람은 다들 자기 집 동물 사진 찍기를 좋아하는 줄 알았어요."

하면서.

나는 고양이 사진집에는 거의라고 해도 좋을 만큼 흥미가 없다. 고양이는 움직이는 게 좋아서 아무리 귀엽게 생겨도 사진은 조금도 재미없다.

지금까지 본 가운데 좋다고 생각한 것은 다케다 하나 씨와 요시다 루이코 씨가 찍은 책. 그리고 '고양이 넘기기' 일력 정도로 나머지 사진집은 별로 관심 없다.

최근에는 어떤지 모르겠지만, 내가 20대 시절에는 일찍 결혼해서 출산한 친구가 아기 사진을 연하장으로 보내는 일이 많았다. 이것만큼 민폐가 없다.

'다이스케는 한 살 반이 되었습니다.'

라고 쓰여 있지만, 나는 아기의 윤기가 찰찰 흐르는 대형 찐빵 같은 얼굴을 봐도 귀엽다는 생각이 들지 않았다. 그보다 뻔뻔하게 자기 자식 사진을 보내는 그 심사가 의심스러웠다. 그것도 한 해에 한 번이라면 몰라도 여름 안부 인사도 아기 사진이다. 연하장에서는 따뜻해 보이는 스웨터. 여름에는 화려한 알로하셔츠를 대형 찐빵한테 입혀서 계절감을 연출했지만, 그들은 계절 인사보다 자식 자랑을 하고 싶어서 엽서를 보내는 것이었다.

"자기네 부부끼리 좋아하면 그만일 텐데 남한테까지 강요하고 있네."

해마다 두세 통은 오는 사진엽서를 받으면 제일 먼저 쓰레기통행이었다. 그런 건 용서가 안 된다고 의견 일치를 본 나와 친구들은,

"그 강요가 얼마나 짜증나는지."

하고 모두 불평했다. 그런데 친구들은 자기 집에서 개나 고양이를 키워서 아기에 냉담하지만 자기 집 개나 고양이를 똑같이 사랑했다.

한번은 그중 고양이를 키우는 사람에게 전화가 와서,

"고양이 달력 사진 모집하는 곳에 우리 고양이 사진을 보내려고 하는데, 한번 봐줄래?"

라고 했다. 그녀가 키우는 것은 하얗고 아주 예쁜 고양이였다. 몸도 크고 성격도 좋다.

"채택되면 게재료 대신 달력을 세 부 준대. 그럼 꼭 너 한 부 줄게."

의욕만만이다.

다음 날, 나는 그녀의 집에 가서 사진을 보았다. 사진

속 고양이는 얌전하게 이쪽을 보고 있거나 하품을 하고 있다. 긴장한 모습이 조금도 없다.

"잔재주를 부리면 너무 노린 것 같아서 비겁하잖아. 그래서 나는 자연스러운 모습으로 승부를 하려고 해."

하나같이 고양이의 성격 좋음이 고스란히 드러나는 사진이었다.

"실은 있지, 비장의 사진이 있어."

그녀는 빙그레 웃으면서 안쪽에서 사진 패널을 들고 왔다. 거기에는 도저히 생명체라고는 생각할 수 없는 평범한 털 덩어리가 찍혀 있었다. 이 하얀 고양이가 고양이 소나무 상태가 된 사진이었다. 고양이 소나무란 엎드린 고양이를 뒤에서 보면 한복판에 몸통이 커다란 산, 좌우에 다리 부분이 올라와 있는 게 마치 소나무처럼 보여서 고양이 소나무라고 한다. 그런데 이 고양이는 새하얘서 잘 보지 않으면 뭐가 뭔지 알 수 없었다.

"꼭 고르바초프 모자 같지."

듣고 보니 색은 달랐지만 모양은 똑같았다.

처음에는 일반 사이즈로 프린트했지만, 이 사진이 너

무 잘 나와서 그녀는 사진관에 가서 확대했다고 한다. 두 배로 확대해달라고 주문했는데, 사진을 찾으러 갔더니 아주 크게 완성되어 있었다.

"이렇게 큰 건 주문하지 않았는데요."

그랬더니 가게 아저씨가,

"저도 고양이를 무척 좋아해서요. 이 사진은 이 정도 크기가 아니면 시시해요. 돈은 됐습니다. 서비스로 드릴게요."

라고 했단다. 게다가 자기가 찍은 고양이 앨범까지 보여주었다고 한다.

"그 고양이가 하나같이 못생긴 거야. 그렇지만 사실대로 말하긴 미안하니까, 어머, 귀엽네요, 라고 칭찬해주었어."

아무리 못생긴 고양이여도 집사는 자기네 고양이가 제일 귀엽다고 생각할 테니, 남한테,

"못생겼네요."

하는 소리를 듣는다면 자기가 그런 말 듣는 것보다 더 화가 날 것이다. 집사들은 그런 걸 알고 있으니,

"어머, 귀여워라."

하는 말로 그 자리를 수습하는 암묵의 룰이 있다.

"응모 규정에 사진은 몇 장이고 보내도 되지만, 한 장 한 장 뒤에 주소와 이름을 써야 한대."

보내기로 한 사진 뒤에는 전부 주소와 이름이 있었다.

"회사에서 돌아와 다 쓰고 나니 새벽 3시나 됐더라고. 내가 생각해도 좀 바보 같았어. 아이 사진 보내는 부부하고 똑같지."

그녀는 선물로 고르바초프 모자 사진 일반 크기를 한 장 주었다. 지금 내 책상 앞에는 고르바초프 방일 기념으로 이쪽으로 엉덩이를 돌린 고르바초프 모자 사진이 붙어 있다.

드라이브 좋아해?

외국에서는 개를 차에 태우는 일을 당연하게 생각한다. 택시 기사조차 키우는 개를 동승하여 조수석은 개 자리라는 얘기도 들은 적이 있다. 캠핑도 가고 쇼핑도 가고, 개는 항상 가족의 일원이다. 최근 일본에서도 그런 모습을 보게 되었다. 차에 개가 타고 있으면,

"어떤 모습으로 있을까?"

하고 개의 얼굴을 들여다볼 때가 있다. 어느 개나 싫

어하는 모습 없이 꽤 즐거워하는 것 같다. 창으로 몸을 내밀고 온 얼굴로 바람을 맞으며 무진장 기뻐하는 개도 있다. 그렇게 있으면 바람에 눈동자가 건조해져서 따갑지 않을까 싶지만, 전혀 개의치 않는다. 정체가 시작되어 차가 한참 서 있으면 자못 지루하다는 듯이 쩌억 하품을 하는 개도 있고, 여간 재미있는 게 아니다.

내가 어릴 때 이야긴데, 옆집에 키우던 피터라는 개가 그 집 언니와 함께 드라이브를 가게 되었다.

"대단해. 마치 미국 개 같잖아. 멋지다!"

모두에게 대단하다는 찬사를 들으면서 피터도 출발 전에는 꼬리를 줄기차게 흔들며 흥분했다. 차에 올라탈 때 약간 꽁무니를 빼서 괜찮을까 염려했지만, 언니가,

"달리면 괜찮을 거야."

하고 자신 있게 말했다. 차를 사면 개를 태워서 드라이브하는 것이 언니의 꿈이었다. 피터가 무사히 조수석에 타서, 우리는,

"다녀와!"

하고 손을 흔들며 배웅했다. 저녁 무렵에 언니가 돌아

왔다.

"잘 다녀왔어?"

다들 반기러 나갔지만, 언니 얼굴이 무척 어두웠다. 어째서인가 했더니, 피터가 도중에 멀미가 나서 난리가 났다고 한다.

"아, 식겁했어."

언니는 피터를 안고 차에서 내렸다.

"괜찮아?"

달려가서 피터의 얼굴을 보니 지금까지 본 적 없을 정도로 엄청나게 한심한 얼굴을 하고 있었다. 그리고 일단은 꼬리를 흔들었지만, 힘이 전혀 없고 온몸에서 맹한 분위기가 떠돌았다. 개는 개대로 창피하다고 생각했을 것이다. 그 후로 피터는 절대로 차를 타려고 하지 않아서, 이웃집 가족이 모두 드라이브를 갈 때도 꿋꿋이 집만 보았다.

어떤 사람은 개를 차에 태운 뒤로 개가 아주 영리해졌다고 했다. 그 개는 믹스견으로 이름은 포치였다. 그런데 포치는 말귀를 잘 못 알아들었다. 그 집에서는,

"유기견이었던 데다 믹스견이니 어쩔 수 없지."

하고 반쯤 포기했다고 한다. 그런데 며칠 전, 부부가 차를 타고 나갈 일이 생겨서 포치도 같이 데리고 가게 되었다. 아이들은,

"멀미 날 텐데 놔두지."

하고 말렸지만, 그녀는 멀미에 대비해 목욕 타월과 비닐 시트를 챙겨서 포치를 차에 태우고 출발했다. 막상 태워보니 포치는 멀미는커녕 창에 앞발을 걸치고 바깥 풍경을 감상했다.

"포치, 속은 괜찮지?"

그녀가 말을 걸며 문득 아래를 보니 포치는 연신 꼬리를 파닥파닥 흔들며 기뻐하고 있었다고 한다.

왕복 네 시간, 포치는 얌전하게 바깥 풍경을 보고 있어서 목욕 타월과 비닐 시트 신세를 지지 않아도 되었다.

"다행이네, 멀미 안 해서."

부부는 그런 얘기를 나누었다고 한다. 그런데 다음 날부터 포치의 태도가 바뀌더니 믿을 수 없을 정도로 영리해졌다.

늘 개집 앞에서 축 늘어져 있더니 똑바로 앉아 있을 줄도 알았다. 밥을 먹을 때도 미친 듯이 먹던 버릇이 없어지고, "기다려" 하면 얌전히 기다렸다. 지금까지는 산책을 해도 주인 말을 전혀 듣지 않고 여기저기 제멋대로 돌아다니거나 갑자기 뛰어가거나 했는데, 인제 그런 일도 없고 길 가장자리를 얌전히 걸었다. 이따금 주인 얼굴을 올려다보면서,

"이러면 돼요?"

하듯이 표정을 본다고 한다.

"그렇게 영리해질 줄은 생각도 못 했어요."

그녀는 무척 기뻐했다. 단 한 번, 드라이브에 데려간 것뿐인데 어째서 그렇게 개의 태도가 180도 달라진 건지 도통 모르겠다. 얘기를 들어본 바, 포치에게 드라이브는 엄청나게 즐거운 사건이어서,

1. 주인이 하는 말을 잘 듣고 착하게 있으면 또 데려가주겠지 기대해서.

2. 사람도 새로운 경험을 하면 한층 큰 사람이 되듯이 제멋대로였던 개도 드라이브를 체험하고 '지금까지의

나는 옳지 못했어' 하고 풍경을 보며 반성했다.

이상, 두 가지 가설을 세울 수 있지만, 포치의 말을 듣지 않고서야 어느 쪽이 맞는지 모른다. 그러나 태도가 달라졌다는 것은 포치에게 "지금까지 나는 아주 나쁜 행동을 했어" 하는 의식이 있다는 것이다. 이것은 좀 놀랍다.

포치 주인은,

"행실이 좋지 않은 개는 차를 태울 것."

이라고 이웃 아주머니들에게 말했다. 그걸 들은 아주머니들은 차에 개를 싣고 장을 보러 가기도 했지만, 그중에는 행실이 나아지긴커녕 멀미를 해서 뻗은 개도 나와 이 설은 현재 동네에서 물의만 일으키는 것 같다.

죽어도 못 보내

　　　　　나이가 좀 들어서 혼자 살 때는 동물을
키우는 게 좋다고 한다. 첫 번째 이유로 외로움이 덜해
지고 말상대가 된다는 이점이 있다. 나이를 먹고 주위
에 아무도 없어졌을 때의 외로움은 지금의 내가 상상하
려고 해도 상상할 수 있는 게 아니다. 동물을 키우는 것
으로 외로움이 덜어진다면 그걸로 좋을지도 모르지만,
동물에게 너무 감정 이입을 하면 터무니없는 결과가 될
것 같다.

지인한테 들은 얘기지만, 60대 초반의 여성이 사랑앵무를 한 마리 키웠다. 그녀는 서른 살 때, 아이가 둘 있는 남성에게 후처로 갔지만, 자기 아이는 갖지 않았다. 두 아이도 결혼해서 집을 나가고, 한숨 돌린 것도 잠깐, 시부모와 같이 살게 되었다. 그리고 얼마 후 시아버지가 세상을 떠났다. 친정 부모도 세상을 떠나고 시어머니도 세상을 떠났다. 이제 부부 둘이서 조용히 살겠구나 하던 찰나, 남편도 세상을 떠났다. 그녀는 맨션에서 외톨이가 된 것이다. 자식이라고는 해도 핏줄이 아니어서 조심스러웠는지 내향적인 그녀는 그들의 집에 놀러 가는 일도 없고, 장 보러 가는 것 외에는 줄곧 집 안에 틀어박혀 있었다.

어느 날, 그녀는 우연히 역 앞 펫숍에서 새끼 앵무새를 발견했다. 머리가 크고 땅딸막하고 옴폭 팬 눈이 묘하게 귀여웠다. 그녀는 얼른 새끼 앵무새를 샀다. 피코라고 이름을 짓고 매일 모이를 주며 사랑을 쏟았다. 모든 것이 피코 중심으로 자식처럼 사랑했지만, 피코는 수명이 다 되어 죽어버렸다. 그러자 그녀는,

"피코를 보낼 수 없어."

하고 사체를 냉각기에 넣은 채 냉동 보존했다고 한다.

"으악!"

담이 큰 나도 그 얘기를 듣고 오싹해졌다. 그녀가 가엾은 부분도 있긴 하다. 같은 입장이어도 털털한 사람이라면 피붙이가 아닌 자식이어도 개의치 않고 만나겠지만, 조심스러운 성격인 사람이라고 하니 그럴 수도 없었을 것이다. 그러나 죽은 동물을 냉각기에 냉동 보존하는 데는 깜짝 놀랐다. 그 사실을 목격한 내 지인도 까무러칠 정도로 놀라서,

"동물은 흙으로 보내줘야 해요. 그렇게 두면 피코가 하늘로 가지 못해요."

하고 열심히 설득했다. 하지만 아무리 말해도 그녀는,

"피코와 헤어지고 싶지 않아."

라고 하며 훌쩍훌쩍 울기만 했다. 일반적으로 생각하면 냉각기에서 딱딱하게 굳어 있는 것보다 몸은 썩어도 흙으로 돌아가는 편이 훨씬 나은데, 그녀는 피코의 원형이 없어지는 것이 싫다며 말을 듣지 않았다.

"동물 묘지도 있고, 그렇게까지 하지 않더라도 들판이나 공원의 나무 밑에 묻어서 꽃이라도 공양해줘요."

이것저것 제안해도 고개를 가로저어서 지인도 포기하고,

"마음대로 하라 그러고 돌아왔어."

학을 뗀 모습이었다.

키우던 동물이 죽는 것은 슬픈 일이다. 나 또한 무지개다리를 건넌 아이들이 지금도 생각난다.

"녀석, 내 손을 할퀴기도 했지."

사소한 기억이 머리에 떠오른다.

"그 녀석은 재미있는 고양이였지."

중얼거리기도 한다. 그런데 추억뿐만이 아니라 박제를 해서 그 모습을 남겨두는 사람도 있다. 텔레비전에서 키우던 개나 고양이를 박제해서 응접실에 장식한 사람을 본 적이 있지만, 내가 보기에 그건 음산하고 잔혹한 장식물이다.

"그런 걸 하면 개나 고양이가 기뻐할까."

화내고 싶어진다. 쓸데없는 친절이 이런 게 아닐까 생

각하기도 했다.

만약 내가 고양이를 키우다가 무지개다리 너머로 보내게 되어도,

"박제하지 않겠습니까?"

라고 권한다면 절대로 하지 않을 거다. 돈을 줘도 싫다. 죽은 아이 몸을 채찍으로 때리는 기분이 든다. 그러나 세상에는 다양한 사고방식의 사람이 있으니 기르는 동물을 박제해서,

"이제 포치와 계속 함께 지낼 수 있겠네" 하고 기뻐하는 사람도 있을 것이다. 동물을 키우는 방법은 제각기 달라서 누가 어쩌고 할 문제는 아니다. 하지만 친구 집에 놀러 가서,

"이게 요전에 죽은 우리 존이야. 귀엽지?"

하며 인형 케이스를 가리킨다면 도망쳐 나올 것 같다. 같이 살았던 동물을 박제까지 해서 남겨두는 건 호러 영화보다 음산한 일이다.

동물이 싫은 사람보다 동물을 좋아하는 사람이 더 동물에게 잔혹하지 않나 생각한 적이 있다. 나는 동물

을 좋아한다는 자신감과 교만함이 나도 모르는 사이에 동물을 상처 입히지 않았나 불안해질 때도 있다. 동물을 좋아하는 사람은 착하다는 건 거짓말이다. 동물을 좋아하지만 성격이 나쁜 사람을 많이 만났다. 외로워서 동물을 키운다는 동기에도 고개를 갸웃거린다. 결혼과 마찬가지로 자신의 감정을 제대로 조절하지 못하는 사람은 다른 생명체와 살아도 원만하기 어렵지 않을까. 상대의 마음도 고려하지 않고, 자기 마음만 위로받으려고 하면 순탄하기 어렵다. 그렇게 생각하니 점점 자신이 없어진다. 나는 평생 동물을 우쭈쭈 하며 키우지는 못할 것 같아서 걱정이다.

소문을 좋아하는 고양이

얼마 전, 텔레비전에서 '일본 고양이는 왜 꼬리가 짧은가' 하는 방송을 해서 채널을 돌려보았다. 옛날에는 고양이 꼬리가 긴 것이 일반적이었지만, 고양이는 나이를 먹으면 인간의 말을 이해하게 되고, 긴 꼬리가 두 갈래로 갈라져서 인간화한다고 믿었다. 이른바 네코마타(영력을 익혀 요괴가 된 고양이. 꼬리가 둘로 갈라지며 둔갑을 잘한다고 한다-옮긴이)다. 그래서 꼬리가 긴 원숭이는 네코마타가 되기 쉽기 때문에 멀리하고, 꼬리가 짧은 고양이를 좋아했던 것 같다. 우리 엄마도 꼬리가 긴 고양이는 밥상 옆을 지나가면 꼬리 끝으로 밥상을 건드리는 게 싫다고 했다. 집에 키우던 토라 가족은 모두 꼬리가 짧았다. 엄마는,

"이런 고양이가 제일 좋아."

하고 집사 편의대로 토라 가족을 칭찬했다.

텔레비전을 보고 놀란 것은 옛날 사람들이,

"고양이는 나이를 먹으면 사람 말을 알아듣는다."

라고 한 사실이다. 공동주택에 사는 아저씨도 아주머니도, 고양이 '나비'가 나이를 먹을수록 무서울 정도로 사람 말을 잘 알아듣는 걸 보고 귀엽다고 생각하는 반면, 내심 으스스했을 터다.

10년쯤 전 일이어서 지금은 없겠지만, 당시 본가 근처 채소 가게에서 암고양이를 키웠다. 엄마와 둘이 장을 보러 갈 때, 무심히 가게 안을 보면 가게에서 방으로 들어가는 턱에 새하얗고 작은 고양이가 조각처럼 오도카니 앉아 있었다.

"아, 고양이 있다."

하고 소리를 지르자, 아주머니는,

"아, 얘는 뭐 바케네코(일본 요괴의 일종으로, 이름 그대로 고양이가 요괴로 변한 것–옮긴이)예요."

하고 난감한 표정을 지었다. 시로라는 이름의 작은 고양이는 그 집 아들이 태어나기 전부터 키워서 25년째 살고 있다. 할머니 고양이다.

시로는 평소에는 줄곧 손님방에서 잔다. 장수를 축하하며 아주머니가 보라색 비단으로 방석을 만들어 손님방에다 놔주었더니, 그게 어지간히 마음에 들었는지 날이면 날마다 그 위에서 잔다. 그런데 시로가 벌떡 일어난 일이 있다. 고양이를 좋아하는 손님이 가게에 왔을 때였다. 자는 걸 깨우지도 않았는데 어찌된 이유인지 손님이 고양이를 좋아한다는 걸 알아차리고, 문지방에 앉아서,

"나를 소개해."

하듯이 가만히 기다리더란다. 모른 척하고 있으니 초조한 듯이,

"우오옹."

하고 날카롭게 울며 자기를 어필했다. 그 목소리에 진 아주머니나 아들이 시로를 안아 들고,

"25년 산 고양이랍니다."

하고 손님에게 소개했다. 시로는 그제야 마음에 들었는지 자기 자리로 돌아갔다.

"네네, 알겠습니다요."

아들이 시로를 안아 들고 보여주었다.

나는 지금까지 그렇게 예쁘고 신비로운 고양이를 본 적이 없다. 25년 산 고양이로 생각할 수 없을 만큼, 은색과 흰색 중간 색의 엄청나게 예쁜 털을 가졌다. 눈은 거의 보이지 않지만, 토끼처럼 빨간 눈이다. 품위 있는 고양이 얼굴에 내가,

"예쁘네."

하고 몸을 쓰다듬어주자 얌전하게 소리 나는 쪽으로 얼굴을 돌렸다.

"자, 끝."

2~3분쯤 몸을 쓰다듬어준 뒤, 아들이 문지방에 시로를 내려놓자 시로는 그대로 안에 들어가, 두 번 다시 나

오지 않았다. 식사는 종일 술잔 한 잔 정도의 죽뿐이라는 얘기를 듣고, 마치 그 고양이는 선인 같다는 느낌이 들기까지 했다.

"근데 어째서 바케네코야?"

하고 엄마가 묻자, 아주머니는,

"글쎄, 소문을 그렇게 좋아하더라고."

하고 웃었다. 할머니 고양이인 시로가 가장 기뻐하는 것이 동네 소문을 들을 때다.

한번은 아주머니와 아들이 식사 후에 차를 마시면서 잡담을 나누었다. 옆에는 보라색 방석에 동그랗게 몸을 말고 자는 시로가 있었다. 얘기를 하다 보니 동네에 돌아다니는 소문이 화제가 되었다.

"경단 가게 아저씨가 아무래도 바람이 난 것 같대. 상대는 이웃 역 앞의 술집 젊은 아이라는구나."

그런 얘기를 하다 문득 옆을 보니 좀 전까지 자고 있던 시로가 일어나서 귀를 쫑긋 세우고 두 사람 얘기를 끄덕거리며 듣고 있더라고 했다.

"뭐하는 거냐, 너는."

시로에게 말했더니 딴전을 부리며 보라색 방석으로 돌아가서 동그랗게 몸을 말았다. 그때는 별로 개의치 않았는데, 그 후로 동네 소문을 얘기할 때마다 죽은 듯이 자던 시로가 벌떡 일어나서 귀를 기울이고 듣고 있는 것을 발견했다고 한다.

일부러 소문 얘기를 한 적도 있었다. 처음에는,

"내일은 날씨가 좋으려나."

하고 별 얘기 아닌 걸 꺼낸다. 그러다 시로를 곁눈질하면서,

"생선 가게 아들, 고등학교에 붙긴 했는데 뒤로 들어간 것 같대."

"전파사 부부는 어쩐지 이혼할 것 같더라."

이런 말을 하면서 모습을 지켜보니 지금까지 자고 있던 시로가 벌떡 일어나서 언제나처럼 옆으로 다가와 한쪽 귀를 쫑긋 세우고 음음, 하고 얘기를 듣고 있더란다.

"하여간에. 소문 얘기 할 때만 그래요. 대체 그런 얘기 들어서 뭐가 좋다는 건지."

아들도 고개를 갸웃거렸다. 나와 엄마는 돌아오는 길

에 그런 바케네코는 틈을 봐서 집을 뛰쳐나가 동네 고양이들이 집회를 열 때, 은둔 고수처럼 등장해서,

"우리 주인이 너희 집주인 부부는 이혼할 것 같더라고 했어."

하고 어린 고양이들에게 동네의 인간 정보를 전하지 않을까. 그리고 정보 수집 방법 등을 전수하는 게 아닐까 하는 얘기를 했다. 시로의 꼬리가 길었는지 어쨌는지는 기억이 정확하지 않다.

이
러
기
있
음
?

　　　　　　15년 전, 내가 본가에서 동생과 엄마와 식
탁에서 볶음밥을 먹을 때의 일이다. 우물우물 입을 움
직이면서 문득 식탁 위를 보니 내 눈앞에 밥알이 이동
하고 있었다. 뭐지? 하고 한 번 더 자세히 보니 그건 누
군가가 흘린 밥알을 개미가 달라붙어서 식탁 위를 기어
가는 참이었다. 나는 엄마와 동생에게,

　"저거 봐."

　하고 눈앞에 기어가는 개미를 숟가락으로 가리켰다.

"아이고, 세상에. 고생이 많네. 서비스로 달걀도 좀 줄까."

엄마는 자기 접시에서 달걀 조각을 떠서 개미 눈앞에 두었다.

그러자 개미는 밥알을 짊어진 채 달걀에도 관심을 갖더니 이것도 갖고 가고 싶은 몸짓을 보였다.

"그럼 나는 양파를 줘야지."

이번에는 동생이 자기 접시에서 잘게 다진 양파를 제공했다.

"역시 볶음밥 재료를 하나씩 다 주는 게 좋지 않을까?"

하는 엄마의 제안으로 우리는 당근이며 멸치며 볶음밥 재료를 조금씩 덜어서 열심히 일하는 개미에게 주었다. 그런데 처음에는 눈앞의 볶음밥 내용물에 흥미를 보이던 개미였지만, 주위를 둘러보며 그제야 자기가 어떤 곳에 있는지 알아차린 것 같았다. 지금까지 짊어지고 있던 밥알을 팽개치고 엄청난 빠르기로 도망갔다. 우리는,

"어머나."

하고 필사적으로 도망가는 개미의 뒷모습을 지켜보았다.

"개미야, 이거 갖고 가야지."

엄마가 부르는 데 돌아보지도 않고, 자취를 감췄다.

흙이 적어져서 개미와도 교류가 없어졌지만, 얼마 전 오랜만에 개미가 내 방에 나타났다. 예전에 본가에 나타난 개미는 길치인지 혼자서 헤매며 들어왔지만, 개미는 대체로 무리지어 움직인다. 이제 일을 해볼까, 하고 책상 앞에 앉았는데, 한 면에 작고 까만 개미가 가만가만 기어가고 있었다. 역시 이런 광경에는 움찔 놀라게 된다. 내 방은 다세대주택 2층으로 바람이 통하도록 창문은 활짝 열어놓지만, 방충망은 꼭 닫아놓고 있다. 아무래도 외벽을 타고 방충망 작은 틈새로 들어온 것 같다.

나는 입김으로 개미를 날려버리고 책 놓을 공간을 만들려고 했다. 그런데 적은 납작 엎드려서 나의 입김 공격을 피해 책상에 달라붙었다. 책상에 손을 올리면 바로 기어 올라온다. 그걸 뿌리치면 이번에는 발톱 끝에서 발목을 향해 기어 올라와 짜증나서 견딜 수 없었다. 그러나 여기서 곤충 잡는 스프레이를 칙 뿌려서 전멸시키지 못하는 것이 나의 약점이다. 우리 집에서 나가주기만 하면 되지 그들이 죽길 원하진 않기 때문이다. 슈퍼마켓에 가서 개미를 퇴치시킬 만한 게 없나 찾아도 전부 개미를 죽이는 것뿐이다. 그중에는 먹이인 줄 알고 자기 집에 갖고 가면 자기 집에서 독으로 바뀌어 개미를 전멸시키는, 개미 입장에서 보면 말도 안 되는 약까지 팔고 있었다. 내가 찾는 것은 없어서 할 수 없이 빈손으로 돌아왔다.

기겁할 숫자의 개미에게 책상을 점령당한 나는 개미 추방 대책에 머리를 굴렸다. 먼저 생각한 것은 단 음식으로 낚는 방법이다. 설탕이나 사탕을 주택 외벽에 테이프로 붙여놓고, 거기로 개미를 유도하려고 생각했다. 그러나 집 안의 개미뿐만 아니라 바깥에 다니는 개미까지 외벽을 올라오면 큰일이니까 이 방법은 그만두기로 했다. 다음에 떠오른 건 전에 여성지에서 본 "병에 노란 고무줄을 끼워두면 개미가 병에 올라오지 않는다" 하는 글이었다. 나는 시험 삼아 노란 고무줄을 책상 주변에 놓아보았다. 그랬더니 어찌된 건지 대다수의 개미가 우아아 하고 고무줄 주위에 모이는 게 아닌가. 개미는 노란 고무줄을 싫어하는 게 아니라 너무 좋아했다. 물어뜯으려는 놈, 움직이려는 놈 등 노란 고무줄에 별나게 흥미를 보인다.

"이대로 개미가 노란 고무줄에 모여준다면 쫓아내는 것도 간단할지 몰라."

그렇게 기대했지만, 모든 개미가 노란 고무줄에 모이는 게 아니라 남은 소수의 개미는 책상 위를 어슬렁어슬렁 돌아다니고 있었다.

회사에도 총무부, 홍보부, 영업부가 있듯이 개미 사회에도 분담이 있어서 전부 노란 고무줄을 담당하면 안 되겠지만, 과자 부스러기, 단것 등이 없는 내 방에서는 다른 개미들도 전리품을 찾지 못해 난감한 것 같았다. 아무것도 없다는 것을 알았으면 얼른 돌아가면 될 텐데 그들은 5일째 계속해서 찾아왔다. 5일이나 다니다 보면 아무것도 없다는 것을 충분히 알 텐데, 그래도 뭔가를 찾아서 바지런하게 책상 위를 돌아다녔다. 문득 보니 그 중에는 노란 고무줄을 물고 늘어진 채 숨이 끊어진 개미까지 있었다. 무의미한 순직이었다.

책, 원고지, 볼펜, 사인펜 위를 끈질기게 기어 다니던 개미였지만, 일주일쯤 지나자 휘익 모습을 감추었다. 그렇게 많던 개미를 다 잃어버렸다. 여전히 창문은 열어놓았는데 한 마리도 보이지 않는다. 우리 집에는 전리품이 없어서 질린 건 이해하지만, 이 대쪽 같은 결정에 놀랐다. 흥미 있는 대상에는 계속 매달리고 자기들한테 이익이 없으면 얼른 손을 빼다니, 역시 회사 조직 같다. 개미는 갑자기 단체로 나타나는가 싶더니 갑자기 일제히 모습을 감추었다. 역시 신기한 생명체이다. 분명히 개미끼리 의논해서,

"슬슬 물러날까."

하는 결론을 내린 것이겠지만, 그 까맣고 작고 단단한 개미의 사고 회로는 대체 어떻게 생겼는지 게으름뱅이인 나로서는 알 도리가 없다.

물고기 펫숍 문 앞에 '새끼 자라 한 마리 2,500엔, 두 마리 3,500엔' 하는 종이가 붙어 있고, 그 아래에 작은 수조가 놓여 있었다. 들여다보니 두 마리의 새끼 자라가 느릿느릿 기어가고 있었다. 자라는 냄비 속에서 부글부글 끓고 있는 것밖에 모르는 나는 두 마리 사면 덤핑으로 팔리는 슬픈 새끼 자라를 바라보고 있었다. 그 외에도 남생이, 초록색 거북이를 팔고 있었지만, 자라는 새끼라고 해도 거북이보다 흉포해 보였다.

그렇게 작으면서 그 독특한 모양의 머리를 쭉 뽑고,

"나는 자라다."

하고 과시하는 것 같다. 아무리 두 마리 사면 깎아준다고 해도 이런 것을 키워서 점점 커져, 자는 동안에 물리기라도 한다면 차마 더 볼 수 없을 것이다. 게다가 나이도 먹을 만큼 먹은 싱글녀가 자라 두 마리를 소중히 키우는 것도 좀 문제가 있는 것 같다.

"나는 자라다."

하고 뻐기는 듯한 그들을 뒤로하고,

"이런 걸 사는 사람이 있구나."

생각하면서 그 자리를 떠났다.

초등학교 때 붉은귀거북 키우기가 유행한 적이 있다. 타로라는 붉은귀거북을 교실에 데리고 와서 자랑하던 남자아이까지 있었다. 그 아이는 어머니가 말렸지만, 타로를 셔츠 주머니에 숨겨서 데리고 왔다. 책상에 올려놓으니 타로는 천천히 돌아다녔다. 짧은 팔다리를 파닥거리며 한일자로 입을 다물고 걷는 타로의 모습은 여간 귀여운 게 아니었다.

"이렇게 하면 재미있을 거야."

녀석은 타로를 뒤집었다. 우리가 가만히 보고 있으니 타로는,

"골치 아프게 됐네."

하는 분위기로 바로 고개를 죽 뽑고 몸을 반회전시키더니 원래 자세로 돌아갔다. 그리고 아무 일도 없었던 것처럼 기어갔다.

"대박이다."

"그렇지, 대단하지?"

그는 또 타로를 뒤집었다. 그러나 거기에 지지 않고 타로는 몸을 반회전시켜서 원래대로 돌아왔다.

"나도 하고 싶어."

"나도."

불쌍하게 몇 번이나 뒤집혀도 반회전하고 원래대로 돌아올 줄 안다는 걸 들킨 타로를 아이들은 몇 번이나 뒤집어놓았다. 원래대로 돌아올 때마다 우리의 박수를 받았지만, 박수가 타로에게 힘이 될 리 없다. 그러다 기진맥진해서 발라당 드러누운 채 축 늘어졌다. 당황한

것은 주인이다. 자기가 솔선해서 한 주제에,

"타로가 죽으면 너희들 책임이야!"

하고 울부짖었다. 우리는 타로가 죽은 책임을 떠맡으면 큰일이라고, 슬금슬금 그 자리를 떠나려고 했다. 그때 한 아이가,

"괜찮아. 거북이는 만 년을 산다고 할머니가 그랬어."

라고 했다. 우리는 그 말을 듣고 왠지 안도했다. 거북이 소동은 선생님까지 알게 되어서 그 후로 우리 학교에서는 붉은귀거북 휴대금지령이 내렸다.

나도 그 녀석을 따라서 붉은귀거북을 키운 적이 있지만, 일주일 만에 죽어버렸다. 그런데 내 친구가 키운 거북이는 10년 이상 살았다. 대학생 때 그 아이 집에 놀러 갔더니 작은 수조에 사는 거북이는 복도 구석에 걸리적거린다는 듯이 놓여 있었다. 처음에는 5센티미터 정도의 귀여운 아이였는데, 20센티미터나 되었다. 게다가 옆에서 보면 등껍질과 배, 양쪽에 살이 쪄서 도라야키(밀가루 반죽을 동그랗게 구워서 두 쪽을 맞붙인 사이에 팥소를 넣은 화과자-옮긴이) 상태의 비만 체형이 되었다. 그뿐

만 아니라, 등껍질 하나하나에 융기가 생겨서 등껍질에 무수한 혹이 난 것처럼 보였다. 거기에 있는 것이 거북이란 걸 알면서도,

"뭐야, 이거."

라는 말이 나올 뻔했을 만큼 기괴한 생물이 되었다.

"이것저것 다 먹였더니 이렇게 돼버렸어."

친구는 한숨을 내쉬었다. 거북이는 미동도 하지 않고 우리를 곁눈으로 빤히 노려보며 관록을 보였다.

친구 어머니가 냉장고 문을 열어, 안에서 푸딩을 꺼내고 탁 닫았다. 그 순간, 지금까지 죽은 듯이 가만히 있던 거북이가 엄청난 기세로 일어섰다. 그리고 수조 벽에 두 발을 걸치고 커다란 입을 아앙 벌린 채 하늘을 우러르는 게 아닌가. 그 자세를 흐트러지지 않고 있었다. 나는 놀라서 얼어붙었다. 그걸 본 친구 어머니는,

"하여간 걸신이 들렸다니까."

하고 밉상스럽다는 듯이 말하며 도그푸드인 통조림과 젓가락을 갖고 와서 거북이 입속에 넣어주었다. 그랬더니 거북이는 그걸 덥석 받아서 맛있게 먹더니 손발을

파닥거리며,

"더 줘."

하고 재촉했다. 처음에는 소금기를 뺀 멸치를 주었는데, 동물을 담당하는 친구 어머니가 마침 개가 남긴 도그푸드를 거북이에게 준 것이 실수였다. 도그푸드의 맛을 안 뒤로 거북이는 담백한 맛의 음식을 먹지 않게 되었다. 먹다 남긴 도그푸드는 냉장고에 넣었다가 거북이에게 주었다. 그래서 냉장고 문 여는 소리가 날 때마다 자기한테도 먹이를 준다는 개념이 입력되어, 소리가 날 때마다 벌떡 일어나서 만반의 준비를 갖추고 기다리게 되었다.

"귀신 같아서 징그러워 죽겠어. 샤쿠지이 공원 연못에 갔다 두고 올까 봐."

어머니는 자기가 뿌린 씨라고 하지만, 진심으로 기괴한 모습이 된 붉은귀거북을 싫어하는 것 같았다. '거북이는 만 년 산다'고 기뻐하지만, 오래 살아도 전혀 기뻐하지 않는 거북이도 있다는 것을 나는 이때 처음 알았다.

동생이 맨션을 구입해서 본가를 나갔다. 서른 살이 넘어도 부모를 떠나지 못하다니 응석도 적당히 부려, 하고 나는 버럭버럭 야단쳤지만, 동생도 자각한 것 같았다. 내가 잘했어, 잘했어 하고 기뻐하고 있는데 혼자 어깨를 축 떨어뜨리고 있는 사람이 있었으니 바로 우리 엄마였다. 이유를 물어도 우물거리기만 했지만 끈질기게 물어본 결과, 당신을 새 맨션에 데리고 가주지 않는 것이 충격인 것 같았다.

그 호탕한 엄마가 그런 생각을 하다니 믿을 수 없었다. 내가 독립할 때는 설탕, 소금, 식용유, 간장을 큰 쇼핑백에 넣어주며, "이거 갖고 가라" 한마디했을 뿐이었다. 이사를 하고 일주일 뒤 저녁 반찬을 만들어온 적은 있지만, 그러다 귀찮아졌는지 놀러도 오지 않았다. 그 후로 전화는 한 주에 한 번 정도 하지만, 버스로 약 20분 거리에 있으면서 한 달에 한 번 만날까 말까 했다. 그런데 동생한테는,

"같이 데려가주지 않아……"

하고 풀이 죽어 있다. 원래 질척대는 사람이라면 몰라도 엄마는,

"난 죽을 때까지 일할 거야!"

하고 단호히 선언하는 타입이었다. 실제로 지금도 일하고 있지만, 동생에 관한 문제가 되고 보니 나를 대할 때와 반응이 완전히 달랐다. 나한테는 부엌에 있는 걸 조금 나눠주었으면서 동생한테는,

"집값을 좀 보태주는 게 좋으려나."

하고 진지하게 고민했다.

"바보 아냐?"

어이가 없어서 엄마한테 쏘아붙였다. 이를테면 동생이 지방에서 올라와 도쿄에 다세대주택을 얻어서 살며 뭐든 자기 힘으로 이끌어가다, 맨션을 사게 되었다면 약간은 보태줄 수도 있다고 생각한다. 하지만 학교를 졸업한 뒤 10년 이상이나 본가에 얹혀살면서 생활비 한 푼 안 내고, 밤늦게 먹을 야식까지 챙겨주는 이런 생활 속에서 돈을 모으지 않는 게 더 이상하지 않은가. 나는 내가 집을 나올 때 부엌에 있던 물건 몇 가지 받은 것밖에 없기도 해서,

"현금 주는 건 절대 반대!"

하고 의견을 말했다.

"그것도 그러네."

엄마도 일단은 반성했지만, 엄마를 의지하지 않는 것이 불만인지 동생의 현재 동향을 일일이 전한다. 그때마다 나는,

"그 애도 나이 먹을 만큼 먹었으니 좀 내버려둬."

하고 어이없어하지만, 엄마로서는 그리 간단히 내버려

둘 수 있는 문제가 아니었나 보다.

"객관적으로 봐서 너무 응석을 받아준다고 생각하지 않아?"

"생각하지."

나는 이 대화로 엄마도 알고는 있다고 생각했지만 또 일주일쯤 지나니,

"아무래도 너무 딱해."

하고 말을 꺼냈다. 마침내 나는 전화기에 대고,

"쓸데없는 도움 주지 마. 자기 혼자 힘으로 하게 두는 게 그 아이를 위한 거야."

하고 화를 냈다.

지금까지 같이 살던 사람이 없어지면 허전할지도 모른다. 그러나 우리 사정을 다 꿰고 있다는 듯이 많은 길고양이가 본가 주변을 어슬렁거리기 시작한 것은 놀라웠다. 그중에서도 가장 자신을 어필하는 것은 갈색과 검은색 얼룩에 마른 고양이였다. 엄마가 부엌에서 설거지를 하고 있는데 커다랗게 고양이 소리가 났다. 문득 밖을 보니 그 고양이가 이쪽을 향해 울고 있었다. 엄마가,

"어이구, 넌 처음 보네. 놀러 왔냐?"

하고 말을 걸자 한층 더 큰 소리로 냐옹 울고는 모습을 감추었다. 그러고 나서 15분쯤 지나 설거지를 하고 거실로 나가니, 아까 얼룩 고양이가 장식물처럼 방석에 턱 하니 앉아 있었다.

"어? 들어와도 된다고 하지 않았는데."

야단치자 슬금슬금 나갔지만, 그 후 얼룩이는 걸핏하면 엄마 앞에 나타나서 이옹이옹하고 만든 소리로 귀엽게 울며 필사적으로 애교를 부렸다. 아침에 거실 커튼과 유리문을 여는 순간, 들판 쪽으로 난 베란다에서,

"냐옹."

하고 엄청나게 큰 소리가 들려서 소리가 나는 쪽을 보니, 그 얼룩이가 마치,

"사모님, 안녕하세요."

하고 인사라도 하는 것 같다고 엄마는 말했다. 장 보러 가려고 집을 나가면 눈치 빠르게 얼룩이가 다가와서 야옹야옹 운다. 마치,

"장 보러 가요? 조심해서 다녀오세요."

라고 하는 것 같단다. 돌아오면 앞에서 기다리고 있다가 역시,

"고생하셨어요."

하듯이 엄마 얼굴을 올려다보며 냐옹거린다고 한다.

"정말 골치야. 집 안에 들일 수는 없고……."

엄마는 진지하게 고민했다. 그러나 길고양이들은 어찌나 영리하고 요령이 좋은지. 분명 동네 고양이 모임에서,

"그 집 아들, 곧 이사 갈 거야. 그러면 할망구 혼자 남으니까 쳐들어가면 어떻게든 되겠지."

하고 결론을 내렸을 것이다. 엄마 얘기로는 얼룩이 외에 애교를 부리는 아이들이 다섯 마리 더 있다고 한다. 고양이들마다 얼굴만 마주치면 총총 달려와서 절도 있는 태도로 인사를 한다고 한다. 나쁜 인상을 심으면 안 된다고 주의하고 있을 것이다. 나는 사람의 마음속 틈으로 비집고 들어가는 기술을 가진 고양이들에게 진심으로 감탄했다. 그리고 동생이 나간 뒤, 본가의 가족은 할머니 하나와 고양이들이 되는 것은 시간문제라고 예측하고 있다.

개
구
리
든

장
어
든

　　　한때 파충류 키우기가 붐이었던 적이 있
다. 사람들의 의견은 다양했다.

　"체취가 없어서 좋다", "공룡같이 생겨서 좋다", "울지
않아서 도시 주택에 딱이다" 하는 '너무 좋아'파와 "털
도 없고 그렇게 징그러운 것을 잘도 키우네" 하는 '너무
싫어'파가 있었다. 그야말로 갓 쓰고 박치기하는 것도
제멋이지 뭐, 하는 양상이었다.

　내가 어릴 때, 동급생 중에 비둘기를 좋아하는 남자

아이가 있었다. 커다란 비둘기 집까지 지어서 안에서 "구구구" 하고 무수한 비둘기가 울었지만, 어째서 그렇게 비둘기를 키우는지 이해가 되지 않았다. 그러나 그 아이는 마치 자기가 낳은 것처럼 귀여워하며 바닥에 자갈돌처럼 굳은 똥을 치우기도 하고,

"치비, 타로, 잘 있었어?"

하고 내가 보기엔 전부 똑같아 보이는 비둘기에게 일일이 말을 걸기도 했다. 그가 입고 있는 스웨터에는 언제나 비둘기 깃털이 묻어 있고, 몸에서 비둘기똥 냄새가 진동했다. 이런 비둘기 소년이 한 반에 한 명은 꼭 있었던 기억이 난다.

같은 반의 콧대 높은 부잣집 여자아이는,

"우리 집에는 카나리아가 있어, 스피츠도 있고."

하고 자랑해서 우리 기를 죽였다. 카나리아와 스피츠는 부자들이 키우는 단골 동물이었다. 우리는 그 말을 듣고 쳇 하고 혀를 차면서도 카나리아가 보고 싶어서 그 아이의 집에 졸졸 따라갔다.

"봐, 이거야."

응접실에 있는 새하얀 새장을 가리키며 그 아이는 의기양양했다. 노란색과 오렌지색 중간의 꿈같은 색을 가진 카나리아가 범종처럼 새장 안에서 "뾰로로로로"하고 울었다.

"더 예쁜 소리로도 울 수 있어. 볼래, 주리, 노래해봐."

그 아이는 새장에 얼굴을 갖다 붙이고 알랑거리는 목소리로 주리에게 말했다. 주리는 그걸 알아들었는지 아까보다 더 소리를 높여서 "뾰로로로로, 뾰로로로로"하고 의기양양하게 지저귀었다.

"굉장하지?"

그녀는 신이 났다. 우리는 내심 시큰둥했지만, 응 하고 끄덕일 수밖에 없었다.

"봐, 스피츠도 있어. 릴리, 인사해."

우리는 또 쳇 하고 혀를 찼지만, 릴리가 시끄럽게 멍멍 짖는 것을 가만히 듣고 있었다.

당시 우리 집에서 키웠던 것은 재래식 변소에 떨어져 뇌진탕으로 비틀거리면서도 무사히 살아난 문조 피코와 날개 색도 아주 수수한 십자매 곤타, 하루였다. 둘

다 카나리아의 발밑에도 미치지 못하는 울음소리를 냈다. 특히 십자매는 이따금,

"후이후이."

하고 울어서 내 기분을 어둡게 했다.

개구리에게 집착하는 데루코라는 아이도 있었다. 그 아이는 개구리를 정원에 풀어놓고 키웠다. 그런데 게로라는 이름의 그 개구리가 좀처럼 겨울잠을 자지 않았다. 데루코가 부모님에게 의논하자, 부모님도,

"게로가 죽으면 큰일이지."

걱정하며 정원 구석에 낙엽을 수북하게 쌓아올리고 구멍도 파주었다. 개구리가 직접 할 생각이 없는 듯하니 부지런한 친구의 아버지가 만반의 준비를 해준 것이다. 그 탓인지 어떤지는 모르겠지만, 게로는 얼마 후 모습을 감추었다.

"겨울잠 잘 자고 있을까."

걸핏하면 게로의 동향을 신경 쓰는 사이 해가 바뀌어 봄이 왔다. 그러나 게로의 모습은 보이지 않았다. 겨울잠이 늦어져서 얼어 죽은 게 아닐까 초조해하고 있는

데, 엄마가 툇마루의 댓돌에 있는 게로를 발견했다. 그
것도 새끼인 듯한 작은 개구리를 데리고 있었다고 한다.
지금 생각하면 그건 새끼가 아니라 반려자가 아니었을
까 싶지만, 당시에는,

"게로가 새끼를 데리고 왔어!"

하고 난리법석이었다. 우리는 그 얘기를 듣고 친구네
집에 게로를 보러 갔지만, 별로 특별할 것 없는 평범한
개구리였다. 친구네 가족이 게로 이야기를 할 때의 표정
은 마치 아기 이야기를 할 때와 똑같았다.

이렇게 사람에 따라 귀여워하는 동물은 가지각색이
지만, 지금까지 가장 충격이었던 것은 장어를 사랑하는
사람이 있었다는 것이다. 반년쯤 전, 잡지를 읽다가 보
았는데 글을 보낸 사람은 중년 여성으로 글은,

'얼마 전에 아끼던 장어인 우나가 죽었어요. 우리 부
부는 한동안 충격으로 밥도 먹지 못했답니다.'

라고 시작했다. 나는 장어를 양식하는 사람이 투고한
글인가 했지만, 그렇지 않았다. 그들은 순수하게 애완용
으로 키웠다. 몇 년 전에 얻어온 살아 있는 장어를 장어

구이 해먹기는 불쌍해서 키우기 시작했다고 한다.

"우리를 잘 따르고 정말 귀여웠어요. 자식이나 다름없었죠."

라고도 했지만, 장어가 사람을 따르는 게 어떤 건지 도무지 상상이 되지 않았다. 긴 몸을 구불거리며 애교를 부리는 걸까, 부비부비 비비며 다가오는 걸까. 모르겠지만 주인은 장어인 우나가 기분이 좋은지 나쁜지 아는 것 같다.

"우나는 우리와 살아서 즐거웠는지 어쨌는지 모르겠어요. 하지만 장어구이가 되지 않은 것만으로 다행이었다고 생각할 거예요."

이렇게 글은 마무리되었다. 어떤 동물을 키우건 죽으면 주인은 슬프다. 개나 고양이가 죽으면 다른 개나 고양이를 보고도 눈물이 쏟아지듯이 이 부부도 장어구이를 보면 우나가 생각나서 눈물이 날까, 문득 궁금해졌다.

　　　　　내가 아는 여성은 학생 시절 나라에 있는
대학교의 기숙사에서 생활했다. 워낙 놀러 다니는 걸
좋아해서 언제나 통금 시간이 아슬아슬할 때까지 놀다
가, 역에 내리자마자 기숙사까지 질주를 하는 나날을
보냈다. 수업이 끝나면 서둘러 옷을 갈아입고, 전철을
타고 노는 곳까지 간다. 그날 밤도 그녀는 디스코텍에서
돌아오는 길로 약간 노출이 심한 분홍색 옷을 입고 있
었다. 이런 옷을 사감한테 들키면 곤란하고, 이웃 사람

의 눈도 있어서 그녀는 인적이 거의 없는 뒷길로 열심히 달렸다. 시간 내에 뒷담을 넘어서 기숙사 부지 안으로 들어가기만 하면 되니까 부디 통금에 걸리지 않아야 할 텐데! 그녀의 머리에는 그 생각밖에 없었다.

어두운 밤길을 달리고 있는데 등 뒤에서 거친 숨소리가 들려왔다. 그녀는 헉 했다. 오늘은 화려한 분홍색 옷을 입고 있어서 그걸 보고 반한 몹쓸 남자가 그녀를 덮치려고 뒤를 따라오는 줄 알았다.

"이 근처에서 젊은 여성이라 하면 기숙사 학생밖에 없을 테니, 분명히 줄곧 노렸을 거야."

시험 삼아 멈춰 서보았더니 등 뒤의 남자도 멈춰 섰다. 다시 달리기 시작하니 남자도 달리기 시작했다. 그녀는 무섭기도 하고 통금 시간도 걱정돼서 점점 속도를 올려서 기숙사 뒷문으로 달려갔다. 그런데 등 뒤의 남자는 늦출 기색도 없이 여전히 숨을 헉헉거리며 따라왔다. 그녀는 고등학교 시절에 육상을 해서 여느 연약한 남자보다 잘 달린다고 자신했다. 그러나 남자는 전혀 페이스를 늦추지 않고 계속 따라왔다. 그녀는 패닉 상태가 되었다. 그녀가 무사히 기숙사에 도착할지, 등 뒤의 남자가 덮칠지, 둘 중 하나가 머릿속에서 빙글빙글 돌았다. 힘껏 달려서 간신히 뒷문이 보이기 시작했다. 안도한 그녀는 끈질기게 쫓아온 남자에게 한마디 퍼부으려고 뒤를 획 돌아보며 소리쳤다.

"뭐하는 거예요. 관두세요!"

그러나 상대는 잠자코 있었다. 어둠 속에서 눈을 부릅뜨고 자세히 보니 끝없이 그녀를 쫓아온 것은 웬걸 나라공원 사슴이었다. 그녀의 서슬에 놀랐는지 동그랗게 뜬 눈으로 그녀를 올려다보더니, 아무것도 주지 않을 걸 알았는지 획 돌아서 왔던 길을 되돌아갔다고 한다. 이때 일을 회고하면서 그녀는,

"과연 나라구나 싶더라고."

하고 아직까지 말한다.

사슴이라는 동물은 아무리 나쁜 짓을 해도 미워할 수 없는 동물이다. 어릴 때 나는 사슴 이야기를 읽고 운 적이 있다. 소년이 귀여워하던 귀여운 새끼 사슴은 그저 자기가 먹고 싶은 것을 먹었을 뿐인데 소년의 어머니

가 총으로 쏘아서 죽였다. 그때 나는 진심으로 새끼 사
슴을 쏜 어머니를 미워했다. 아무리 사과해도 이런 사
람은 용서할 수 없다고 생각했다. 디즈니의 밤비를 정말
좋아해서 어릴 때는 치마에도 엄마가 밤비를 수놓아주
어서 특히 아꼈다. 초등학교에 입학한 뒤로는 밤비 실내
화 주머니도 있었다. 그 또록또록하고 까만 눈으로 이쪽
을 빤히 보면,

"네가 무엇을 해도 허락할 거야."

하고 이내 마음이 흐물흐물해진다.

나는 중학교 때 수학여행으로 나라에 갔었다. 그때
만난 사슴은 귀엽기만 한 건 아니었다. 버스 가이드가,

"나라공원 사슴은 예의가 발라서 전병을 얻어먹고
싶을 때는 여러분 앞에서 반듯하게 인사를 합니다. 그러
니까 인사를 하면 전병을 주세요."

라고 했다. 정말로 그랬다. 그러나 우리 앞에 선 것은
엄청나게 큰 사슴으로 귀엽다기보다 늠름한 밤비네 삼
촌 같은 느낌이었다. 그리고 예의 바르다기보다,

"인사를 하지 않으면 전병을 얻을 수 없어."

하는 절박함으로 영혼 없는 인사를 하고 마치,

"빨리 전병 줘."

하고 조르는 것 같았다.

그래도 사슴이 인사를 하니 우리는 무서워서 벌벌 떨었지만,

"그래, 그래. 줄게."

하면서 전병을 주기도 하고 사슴과 같이 사진을 찍기도 했다. 인사를 무시하면 사슴이 화를 내며 억지로 전병을 빼앗아먹는 일도 있었다. 그러나 우리는,

"전병을 주지 않은 네가 나빠."

하고 사슴 편을 들었다.

3년 후, 동생도 나라로 수학여행을 갔다. 인사를 하는 사슴이 아직 있던가 물었더니,

"우아, 그거 대단하더라."

하고 감탄했다. 동생도 버스가이드에게 예의 바른 나라공원 사슴에 관해 설명을 들었다. 우리와 마찬가지로 다들 인사하는 사슴에게 전병을 주기도 하고, 사진도 찍고 노는 사이 시간이 금세 지났다. 그런데 선생님

의 재촉으로 사슴이 있는 장소를 떠나려고 할 때 등 뒤에서,

"아악."

하는 소리가 들렸다. 돌아보니 같은 반의 까불이로 유명한 남자아이가 왼손에 전병 봉지를 든 채, 핏빛이 가신 얼굴로 도망치고 있는 게 아닌가. 그리고 그를 맹렬한 기세로 쫓아오는 것이 인사를 하면서 달려오는 사슴 무리였다. 그가 사슴을 놀리기만 하고 전병을 주지 않았는지, 진심으로 전병이 먹고 싶은 사슴은 그를 쫓아왔다. 그런데 전병이 먹고 싶으면 인사를 하는 것이 한 세트로 훈련된 사슴은 그를 필사적으로 쫓아오면서도 슬픈 얼굴로 인사를 계속했다.

사슴은 정말로 귀여운 동물이다. 생긴 것도 귀엽고 성격도 장난스럽다. 게다가 요전에 유혹에 져서 먹은 사슴 고기가 얼마나 맛있던지, 나는 사슴이 더 좋아졌다. 보아도 좋고 먹어도 좋은 사슴을, 나는 앞으로도 더 좋아하게 될 것 같다.

　　　　　　지금으로부터 15년쯤 전의 일이다. 어느
날 나는 버스 정류장에서 버스가 오기를 기다리고 있
었다. 정류장에는 대여섯 명이 줄을 서 있었다. 평일 오
후이기도 하여 할머니, 어린아이를 데리고 있는 젊은 엄
마, 학원에 가는 길인 듯한 초등학생, 그리고 내 앞에는
동년배로 보이는 내가 싫어하는 유형의 여자아이가 서
있었다. 프랑스어 책을 보란 듯이 품에 안고, 향수 냄새
를 뿜뿜 풍겼다. 남성이 지나가면 빤히 바라보다, 자기한

테 시선을 보내면 긴 머리를 쓸어 넘긴다. 무엇을 하든 일일이 멋을 부린다. 곁눈으로 청바지에 스웨터 차림의 나를 머리끝에서 발끝까지 쓱 훑더니 '뭐야, 이 지저분한 차림은' 하는 듯한 태도로 쌩하니 고개를 돌렸다.

'재수 없는 여자네.'

생각하면서 그녀를 관찰하고 있으니 버스가 오지 않아서 초조했는지, 핸드백 안에서 담뱃갑을 꺼내 피우기 시작했다. 한동안 피우다 발밑에 버리고 하이힐로 짓이겨 끄더니,

"아아."

하고 작은 소리로 중얼거리며 또 머리를 쓸어 넘겼다. 다음에는 핸드백에서 빗을 꺼내 주위에 사람이 있거나 말거나 흥얼거리면서 긴 머리를 빗질했다. 브러시에 얽힌 머리칼을 쑥 뽑아서는 아무 데나 버렸다. 마치 자기네 집 욕실에서 하는 듯한 행동이다. 나는 두 주먹을 불끈 쥐고 그녀를 지켜보고 있었다.

그때였다. 내 귀에 "찍" 하는 짧고 날카로운 소리가 들려왔다. 그 순간, "악" 하는 소리와 함께 옆의 여자가

주저앉았다. 엉겹결에 소리가 나는 쪽을 보니 그녀의 정수리에 새똥이 훌륭하게 명중했다. 콧노래 섞어가며 머리칼을 빗질한 직후에 새가 똥을 뿌린 것이다. 박수를 보내고 싶은 멋진 타이밍이었다. 게다가 버스 정류장에 있는 할머니도 아니고, 아이를 데리고 있는 젊은 엄마도 아니고, 초등학생도 아니고, 하물며 나도 아니고, 이 교만하기 짝이 없는 여자의 정수리에 명중한 것은 참으로 기쁜 일이었다.

"아, 짜증나."

그녀는 그렇게 말하면서 다급히 핸드백에서 휴지와 콤팩트를 꺼냈다. 필사적으로 머리칼을 닦는데 닦으면 닦을수록 긴 머리에 똥이 더 엉켜서 찐득찐득한 상태가 되어갔다.

"진짜 열 받네."

그녀는 더러워진 정수리를 보려고 콤팩트 거울의 각도를 조절하면서 눈을 치뜨고 들여다보았다.

나는 속으로,

'운이 좋고 나쁘고는 이런 거구나.'

하고 생각했다. 몇 명이 나란히 서 있는데 그녀만 표적이 되었다. 만약 그녀가 느낌이 나쁜 여자가 아니었더라면 나도 닦는 걸 도왔을 텐데, 내가 그리 몰인정한 사람은 아니지만 전혀 도와줄 마음이 들지 않아서 모르는 척했다. 당황하는 그녀의 모습을 바라보니 오히려 속이 후련했다.

이렇게 나는 옆에 있는 사람이 새똥 폭탄을 맞는 일은 있어도 내가 피해를 입는 일은 없었다. 새가 머리 위로 잔뜩 날아다니는 곳을 지나도 새똥 세례를 받는 일은 없었다. 운이 좋은 여자라고 자부했다. 그런데 얼마 전, 태어나서 처음으로 새똥 폭탄을 맞았다. 역 앞에 쇼핑하러 가려고 주택가를 지나가는데, 새로 지은 집 앞에 트럭이 서 있었다. 좁은 길을 트럭이 거의 막고 있어서 문득 위를 올려다보았더니 전깃줄에 비둘기 크기의 커다란 새가 한 마리 앉아 있었다.

"운이 나쁜 사람은 이럴 때 정수리에 똥을 명중당하지."

하고 중얼거리면서 아무 생각 없이 트럭 옆을 지나 역을 향해 걸어갔다.

그리고 5분쯤 지나서 아무 생각 없이 입고 있던 가죽 코트 왼팔을 본 순간, 나는 아찔했다. 거기에는 상상했던 것보다 훨씬 양이 많은, 마치 가는 톱밥을 물에 으깨 놓은 듯한 모양의 새똥이 묻어 있었다. 아까 새들 밑을 지나갈 때 그 녀석은 소리도 없이 똥을 싼 것이다.

"으헉."

나는 황급히 인적 없는 골목길에 들어가서 주머니에서 휴지를 꺼내 똥 폭탄을 닦았다. 닦아도, 닦아도 남아 있었다. 간신히 똥을 닦아낸 뒤, 부글부글 끓어오른 것은 한심함과 분노였다. 물론,

"내가 왜 이런 일을!"

하는 분노다. 하물며 나는 지금까지 '운만은 좋은 여자'라고 모두에게 들어왔다. 그런데 새해벽두부터 이런 일을 당하니 마치 내가 운이 나쁜 여자가 된 것 같았다. 한심함과 분노가 뒤죽박죽이 되어 정신을 차리고 보니 의미도 없이 화를 내면서 도로를 달리고 있었다.

도착한 곳은 친구가 아르바이트로 일하는 역 앞 옷가게였다. 그녀는 작년에 정수리에 새똥을 맞은 경험이 있

다. 그것도 미용실에서 나오자마자였다. 그 애기를 들은 나는 터져 나오는 웃음을 참고,

"그런 일을 당하면 운이 좋대."

하고 아무렇게나 엉터리로 지어서 위로했다. 내가 만든 엉터리 소리면서 나는 그녀에게 같은 말을 듣고 싶었다. 이것은 똥을 맞아본 사람이 아니면 모르는 미묘한 심리다. 착한 그녀는,

"요전에 말했듯이 분명히 운이 좋을 거야."

라고 위로해주었다. 정수리보다 그나마 코트 소맷자락이어서 다행이다, 역시 운이 좋았다고도 말해주었다. 내 가죽코트 소매에는 여전히 새똥 자국이 남아 있다. 정말로 이것이 액땜이 되어 운이 좋을지 어떨지 나는 그때 일을 떠올리며 조용히 분노하면서 올 한 해를 지켜보려 한다.

　　　　내 친구 A코는 풍만한 복부와 단단한 가
슴의 소유주이다. 그녀는 회사 동료인 B코와 남성 세 명
과 함께 이즈의 슈젠지 절에 놀러 갔다. B코는 풍만한
가슴과 단단한 배를 가진, 그림으로 그린 듯한 몸매의
여성이다. A코는 B코와 마찬가지로 라운드 네크라인의
카디건 앞을 전부 잠그고 스웨터처럼 입고 있었다. 그러
나 가슴보다 배가 더 나온 자신의 모습을 그녀와 비교
하니 실루엣이 다르다는 사실에 의문을 느끼면서도 나

름대로 동료들과의 여행을 즐겼다. 그들은 슈젠지 절에 간 길에 '멧돼지촌'에 가보았다. 그곳에는 갓 태어난 것으로 보이는 손바닥에 올라갈 정도로 작고 또릿또릿한 새끼들이 엄마 멧돼지의 젖을 빨고 있었다.

"귀여워라."

잠시 새끼들을 바라보다가 무심코 주위를 둘러보니 멧돼지뿐만이 아니라 너구리도 있었다. 너구리들은 '분부쿠 차가마쇼'(너구리 솥단지, 라는 뜻의 일본 전래 동화로 장난을 좋아하는 아기 너구리 이야기-옮긴이)에 출연하기 위해 대기하고 있었다. A코는,

"원숭이 지로처럼 사람하고 맹렬히 칼싸움이라도 하는 걸까."

하고 기대했다. 그러나 쇼 이름은 익살스러웠지만, 그냥 너구리가 솥단지에 들어갔다 나왔다 할 뿐인 그야말로 조용한 재주였다.

"과연."

그렇구나 했지만, 딱히 만족스러운 재주는 아니었다. 그럴 때 들린 것이 멧돼지 경주가 열린다는 안내 방송

이었다. 그녀는 도박을 좋아해서 휴가를 받으면 마카오 카지노에 가서 남들한테 말할 수 없을 정도로 잃고 돌아온다. 그러고 나서는,

"이제 안 해, 안 해."

하고 시무룩해 있지만 얼마 지나면,

"그때 잃은 것 찾아올래."

하고 또 카지노에 간다. 거기서 잃었더라면 도박을 포기할 텐데 원래 도박 운이 있는지 반드시 잃은 걸 되찾을 정도로 딴다. 그래서 그녀는 도박에서 손을 씻지 못하는 것이다.

"다들 하자, 하자."

그녀는 모두를 꼬였다.

"그러게."

B코는 처음이었지만, 그리 싫지 않은 듯했다.

남성들은,

"너도 그런 걸 좋아하네."

하면서도 반대하지 않았다. 그리고 아무런 문제 없이 멧돼지 경주에 참가하기로 정했다.

경기 방식은 경마와 같았다. 패덕에는 번호표를 단 여덟 마리의 멧돼지가 있었다. 끼익끼익 울면서 주변의 흙을 마구 파헤치는 녀석, 다른 멧돼지를 쫓아가서 엉덩이 냄새를 맡는 녀석, 그냥 멍하니 있는 녀석 등 각양각색이었다. 멧돼지들은 평탄한 길, 험난한 길, 진흙탕 같은 장애물이 있는 길 등 순탄하지 않은 200미터 정도의 코스를 달렸다.

"나, 5번의 이노시시 모모에로 할래."

A코는 복식이 아닌 단승 '멧돼지권'을 100엔에 샀다.

"나도 모모에는 해낼 것 같은 느낌이 들어."

B코도 패덕의 상태를 보고 단승권을 샀다. 남성들은 '이노시시 세이코', '이노시시 도모카즈' 권을 구입하여 일동 침을 삼키고 멧돼지의 출발을 기다렸다.

"번호표가 떨어진 멧돼지는 실격입니다."

장내 방송이 귀에 울렸다. 저 땅딸막한 몸에서 번호표는 금세 떨어질 것 같아서 A코네는 가슴이 조마조마했다.

그런데 멧돼지는 게이트 인조차 만족스럽게 하지 못했다. 그중에는 의욕이 넘쳐서 자진해 게이트에 들어가는 녀석도 있었지만, A코와 B코가 산 이노시시 모모에는 언제까지고 코나 킁킁거리면서 흙을 파냈다. 결국 담당 아저씨가 억지로 게이트에 밀어 넣었다.

"아아."

앞날이 보여서 두 사람이 한숨을 쉬는 순간, 출발 총이 울렸다. 멧돼지권을 구입한 관광객들에게서는,

"오오."

하는 환호성이 터지고 멧돼지 경주 분위기는 단숨에 타올랐다.

"어머낫."

다른 멧돼지가 다다다다 질주하는데도 이노시시 모모에는 여전히 킁킁거리면서 흙을 파내고 있었다. 그걸 본 담당 아저씨가 당황하여 이노시시 모모에를 쫓아내자, 그제야 상황을 파악했는지 먼저 간 일곱 마리의 뒤를 쫓아 달리기 시작했다.

맹렬히 돌진했지만, A코는 마치 씨름판 같은 커다란 멧돼지가 그렇게 엄청난 기세로 달리는 것을 처음 보았다. 쿵쿵쿵쿵 땅이 울리고, 산에서 이런 것이 달려오니

사람들이 놀라 나자빠지는 것도 당연하다고 생각했다.

"달려!"

남성들이 산 멧돼지 도모카즈는 멧돼지 세이코와 선두를 다투었다. 고작 100엔짜리 멧돼지권이긴 하지만 도박에서 이기지 않으면 성이 풀리지 않는 A코는 둔한 멧돼지 모모에 때문에 애를 태우면서 표를 꼭 쥐고 있었다.

"아아앗."

관객의 절규가 들려서 까치발을 하고 앞쪽을 보니 웬걸 선두를 다투던 도모카즈와 세이코가 부딪쳐 세이코가 엎어졌다. 그러자 그걸 본 모모에가 지금까지 느릿느릿하더니 제대로 발동이 걸렸다. 여섯 마리를 단숨에 추월하더니 급기야 1등인 도모카즈와 나란히 섰다.

"꺄악."

A와 B는 반광란 상태였다. 마지막 20미터, 손에 땀을 쥔 1등 경쟁이었지만, 골인 직전에 도모카즈의 번호표 끈이 떨어져서 규정에 따라 둔한 모모에가 빛나는 1등이 된 것이다.

"만세!"

골인하는 순간, A와 B는 엉겁결에 양팔을 번쩍 들었다. 그때,

"뚝."

하는 희미한 소리가 들렸다. 두 사람은 퍼뜩 자기들이 입은 카디건에 시선을 보냈다. 그러자 복부가 풍만한 A코는 배 부분의 단추가, 가슴이 풍만한 B코는 가슴 부분의 단추가 보기 좋게 날아가 버렸다. 남성들의 놀란 눈길을 뒤로하고, 두 사람은 경품으로 번호표를 단 멧돼지 인형을 받고 좋아서 어쩔 줄 몰라 했다. 멧돼지 경주를 이기고 기분이 좋았던 그녀들은 카디건의 배와 가슴 부분이 터져도 조금도 개의치 않고 태연하게 여행을 계속했다. 그러나 그 사실은 멧돼지 경주에서 패한 남성들이,

'여자 도박꾼, 복부 단추, 가슴 단추, 떨어진 사건.'

이라고 이름 붙여 소문을 내는 바람에 눈 깜짝할 사이에 300명의 직원이 모두 알게 되어 그녀들은 한동안 웃음 소재가 되었다.

대낮에 지름길로 가느라 유흥업소가 밀집
한 지역을 지나갈 때가 있다. 인적이 거의 없고 조용해
서 시간 단축에도 도움이 된다. 쓰레기가 뒹구는 것만
참으면 마치 영화 세트장 속으로 흘러 들어간 것 같아
서 꽤 즐겁다. 며칠 전에도 볼일이 있어서 서둘러 가느
라 그곳을 지나갔다. 겨울치고는 드물게 따뜻한 날이긴
했지만, 골목을 걸어가다 보니 고양이 천국이었다.

　공중목욕탕 앞에는 털색이 다른 친구로 보이는 늙은

고양이 두 마리가 드러누워 나란히 자고 있었다. 배에 햇볕을 잔뜩 받으며,

"여기가 천국이네."

"정말 그러네."

라고 하는 것 같다. 내가 멍하니 그들의 모습을 바라보고 있어도 전혀 아랑곳하지 않았다. 그저 기분 좋은 일광욕 세계에 잠겨 있었다.

카바레 앞에는 빨간 천조각을 목에 두른 얼룩 고양이가 그릇에 담긴 캣푸드를 열심히 먹고 있었다. 내가 지나가도 겁먹는 기색도 없이 그릇에 얼굴을 묻고 식사에 전념했다. 한 유흥업소 옆에서는 어미 고양이와 새끼 고양이가 놀고 있었다. 새끼 고양이가 아주 활달해서 도움닫기를 하여 엄마 고양이에게 여러 차례 뛰어들었다. 그때마다 앉아 있는 엄마 고양이는 "아야야" 하듯이 얼굴을 찡그렸지만, 새끼 고양이에게 화내는 법도 없이 긴 꼬리를 빙빙 돌리며 새끼 고양이와 놀아주었다.

나는 고양이를 볼 때마다 "안녕" 하고 말을 걸고 싶어지지만, 여기 있는 고양이들에게는 말을 걸 수 없었다.

나는 명백히 그들에게 성가신 존재였기 때문이다. 분명히 밤이 되면 그들은 유흥업소 언니들이나 손님인 남성들에게 자리를 내주고, 어딘가 건물 틈이나 구석에서 몰래 지낼 것이다. 아무리 동물을 좋아해도 마음대로 건드리는 것은 그들에게 큰 민폐다. 나는 최근에야 겨우 그런 사실을 알게 되었다. 이 또한 동물들 덕분이다.

그러니 이 책을 읽고 동물이란 참 사랑스럽구나 하고 생각해준다면 더할 나위 없이 기쁘겠습니다.

무레 요코

고양이의 주소록

초판 1쇄 2019년 10월 25일

지은이 | 무레 요코
옮긴이 | 권남희
펴낸이 | 송영석

주간 | 이진숙 · 이혜진
기획편집 | 박신애 · 정다움 · 김단비 · 심슬기
외서기획편집 | 정혜경
디자인 | 박윤정 · 김현철
마케팅 | 이종우 · 김유종 · 한승민
관리 | 송우석 · 황규성 · 전지연 · 채경민

펴낸곳 | (株)해냄출판사
등록번호 | 제10-229호
등록일자 | 1988년 5월 11일(설립일자 | 1983년 6월 24일)

04042 서울시 마포구 잔다리로 30 해냄빌딩 5 · 6층
대표전화 | 326-1600 **팩스** | 326-1624
홈페이지 | www.hainaim.com

ISBN 978-89-6574-975-2

이 도서의 국립중앙도서관 출판예정도서목록(CIP)은 서지정보유통지원시스템
홈페이지(http://seoji.nl.go.kr)와 국가자료공동목록시스템(http://www.nl.go.kr/kolisnet)에서
이용하실 수 있습니다.(CIP제어번호:2019035596)